日ようタウン
「サン」
金ようタウン
「ゴールド」
月ようタウン
「ムーン」
土ようタウン
「ソイル」

ゆうとゴッホの大ぼうけん！

絵日記カントリーから月曜日が消えた

橋立悦子／作・絵

もし1週間が
6日になったら…？

もくじ

1　ネズミのゴッホ

「ダイチュキ！　チュケキョ！」

ウグイス姫《ひめ》が、春風にラブレターを書くと、オニギリ山にぽっかぽっかの春がやってきました。

冬眠《とうみん》していたカエルさんは、「ヤッホー！」とさけび、パジャマから緑《みどり》のシャツに着《き》がえると、カメさんは、かたいふとんから首を出し、大きくひとつせのびをしました。

生まれたばかりの春風が、野山をすっと吹《ふ》き抜《ぬ》けると、
サッチョンパッ！

がんこなつぼみも、いじっぱりの木も、みんな、こそばゆくなって花を開《ひら》きました。

四十年も前から、小学校の校庭《こうてい》に立っていたヤエザクラのばあさんは、

「待《ま》っておりましたよ。今年も、命《いのち》の限《かぎ》り花を咲《さ》かせましょう」

と言って、つぼみを開《ひら》きました。自分の寿命《じゅみょう》を知り、花びらはルビー色に染《そ》まっています。

そう、明日は待《ま》ちに待《ま》った始業式《しぎょうしき》です。

「ゆう、早く休みなさい」

台所《だいどころ》からママのかん高い声がすると、時計の上の扉《とびら》からカッパが飛《と》びだして、カッパ、パッカ、カッパ、パッカと、九回続《つづ》けて鳴きました。

「うるさいわね。今、ちょうどいいところだったのに……」

ゆうは読みかけのネズミ絵本を閉《と》じると、電気を消《け》してふとんに入りました。いつもだったら、眠《ねむ》ったふり……。でも、今日はやめました。明日は、久《ひさ》しぶりの学校でしたから。

（新しいクラスで友達《ともだち》できるかなあ）

目を閉《と》じてもなかなか眠《ねむ》れません。しかたなく、ヒツジを数《かぞ》え始《はじ》めました。

「ヒツジが一ぴき、ヒツジが二ひき、ヒツジが三びき……」

いつもだったら十ぴきも数えれば夢《ゆめ》の中なのに、今日は百ぴき数えても眠《ねむ》れません。

（ヒツジのうそつき。このまま眠《ねむ》れなかったら、明日はちこく。新しい先生が、オニみたいにこわかったらどうしよう）

ゆうは、百までしか数えられません。困《こま》っていると、ふいに、読みかけのネズミ絵本が、目にとまりました。

「ネズミが一ぴき、ネズミが二ひき、ネズミが三びき、ネズミが四ひき、ネズミが五ひき」

その時、チューチューと鳴き声が聞こえました。眠《ねむ》れなくて、耳までおかしくなってしまったのでしょうか。ふとんをかぶっても、鳴き声はどんどん大きくなるばかりです。

（何をこわがっているの？　明日から三年生でしょ！）

ゆうは、かくごを決《き》めてベッドから飛《と》び起《お》きました。おそるおそる声のする方へ近づくと、机《つくえ》の上に何かいます。ゴックンとつばを飲《の》みこみ、目をこらしてよく見ると、ネズミが立っているではありませんか。レースのカーテンごしに、まん丸のお月さまが顔をのぞかせています。

月明かりに照《て》らされて、シルエットが浮《う》かびあがって見えました。銀色《ぎんいろ》のひげはピンと伸《の》び、気品《きひん》がありました。しっぽは背丈《せたけ》より長く伸《の》び、もう少しで電気スタンドのかさに届《とど》きそうです。顔と身体《からだ》はやみにとけこんで見えませんが、ひとみはサファイア色に光っていました。

「ギャーッ！」

黄色い声をあげたとたん、ネズミは口もとに人《ひと》さし指《ゆび》を立て、静《しず》かに、のサインをしました。

ゆうが口をぽかんと開《あ》けていると、ネズミは小さい声で話《はな》し始《はじ》めました。

「おいらはゴッホ。たった今、君《きみ》によばれた」

「えっ、あたしがよんだ？」

ゆうは首をかしげました。ネズミなんてよんだ覚《おぼ》えはありません。じっと見つめると、ついさっきまで読んでいた絵本に出てくるネズミそっくりです。しかし、こんな夢《ゆめ》のようなことが起《お》こるはずがありません。ためしに、なんどもつぶやいてみました。

「ゴッホ、ゴッホ、ゴッホ……」

「はい、はい、はい……」

ゴッホは名前をよばれるたびに返事《へんじ》をするので、ゆうはケタケタわらいました。

「わかった！　『ネズミが五ひき』って数えた時、あなた、かんちがいしたのね」

「もしかして、おいら、よばれてなかったの？」

ゴッホがあんまりしおれているので、ゆうはとっさにうそをつきました。

「いいえ、よんだわ。あたしの名前はゆうこ。ゆうってよんでね」

ゆうは、パパからうそはいけないと教わっていました。でも、今はしかたありません。

「ゆう！　それじゃ、おいらのことも、ゴッホってよんでほしいな」

「わかったわ。ゴッホ！」

ゴッホは、天にものぼる気持《きも》ちになりました。

2　地球《ちきゅう》のいちだいじ

「おいらは、いちだいじを伝《つた》えるためにやってきた！」
ゴッホは、サファイア色のひとみをかがやかせて言いました。
「えっ、いちだいじ……？」
ベッドの下で聞き耳を立てていたクモの博士《はかせ》は、建設《けんせつ》中の御殿《ごてん》からうっかり足をふみはずしそうになりました。最近《さいきん》、おもしろいことがなく、ため息《いき》をついていたのです。久《ひさ》しぶりのビッグニュースに、胸《むね》がわくわくしました。

「今、地球《ちきゅう》があぶない。ゆう、決《けっ》しておどろかないでくれ。おいらの左目は地球《ちきゅう》なんだ。およそ四十六億《おく》年前、生まれた時からこうして光っている。ところが、今朝、とつぜん、つきさすようないたみにおそわれた。ズキッとして、身体全体《からだぜんたい》がビリビリしびれた。あわてて、病院《びょういん》にかけこむと、うでのいいダチョウ先生から『かつて、こんな目は見たことがない。今の医学《いがく》ではちりょうできない』と言われてしまった。これは、地球《ちきゅう》のいちだいじにちがいない。だれかに伝《つた》えなくちゃとあせっていたら、ゆうからよび出された」

ゴッホは、まるでおとぎ話のようなことを、まじめな顔で言いました。まだ幼《おさな》いころ、お母さんがこんなことを言ったのです。

「ゴッホ、あなたは、地球《ちきゅう》の守《まも》り神《がみ》として生まれた。美《うつく》しい地球《ちきゅう》の命《いのち》を守《まも》るために、宇宙《うちゅう》の神《かみ》さまから選《えら》ばれたネズミなの。そのしょうこに、あなたの左目には地球《ちきゅう》がうめこまれているわ」

あの日のおどろきといったらありません。夕食に出された大好物《だいこうぶつ》のチーズの味《あじ》が、まったくしなかったほどでした。その後、お母さんはいなくなりました。

「ゴッホのひとみが地球《ちきゅう》……？」

ゆうは、ドキドキして近づくと、左目をそうっとのぞきこみました。

すると、どうでしょう。ひとみには、真《ま》っ青《さお》な空と海が、らせんを描《えが》いて光りかがやき、その中を無数《むすう》の光が動《うご》き回《まわ》っていました。なんだか吸《す》い込《こ》まれそうです。

「うわあ、きれい。これが地球《ちきゅう》かあ！」

ゆうのひとみは、ゴッホに負《ま》けないくらいかがやきました。

「自分ではのぞくことができないけれど、この中に、およそ八十億《おく》もの命《いのち》が乗《の》っている。

だから尊《とうと》くて美《うつく》しいのだろう」

「八十億《おく》…？」

「ゆうにはむずかしかったね。かんたんにいうと……いっぱいってことさ」

ゴッホは頭のいいネズミでした。地球《ちきゅう》に必要《ひつよう》な情報《じょうほう》はたいてい知っていたので、なんでも説明《せつめい》することができました。

しばらくすると、ゴッホは、とつぜん正座《せいざ》をして言いました。

「ゆう、おいらといっしょに地球《ちきゅう》のピンチをすくってほしい」

「うそでしょう。だって、あたしは百までしか数えられない。それに、テストだってひどい点数ばかり……」

「あのね、地球《ちきゅう》をすくうのは、テストじゃない。知識《ちしき》が必要《ひつよう》なら、ロボットに任《まか》せればいいだろう。ゆうには、他《ほか》のだれも持《も》っていない特別《とくべつ》な力がある」

ゴッホの言葉《ことば》を聞いているうちに、ゆうは、自分が地球《ちきゅう》をすくうヒーロー、いえ、ヒロインかもしれないと思えてきました。ゆうは思わず、

「やるわ！」

とさけんでいました。


さて、地球《ちきゅう》のいちだいじとは、いったいなんでしょう。

「どうやって見つけたらいいの？」

ゆうがつぶやいたとたん、机《つくえ》の上の絵日記からギーッという耳ざわりな音がしました。

じっと見つめると、表紙《ひょうし》にかいてあったイラストの扉《とびら》が開《ひら》き、中から小人が出てくるではあり

ませんか。

ゆうは、あっと声をあげると、目をぱちくりさせました。胸《むね》はドックンドックン、心ぞうが大あばれしています。

日記帳《にっきちょう》には、この部屋《へや》へとつながる階段《かいだん》があって、小人がハーハーと息《いき》をしながらかけあがってくるのが見えました。身長は五センチほどでしょうか。

「一、二、三、四、五、六。ゴッホ、全部《ぜんぶ》で六人の小人たちがあらわれたわ！」

ゆうはごくりとつばを飲《の》みこむと、あわてて机《つくえ》の下にかくれました。もちろん、ゴッホも続《つづ》きます。

「おそらく、これが地球《ちきゅう》のいちだいじにちがいない」

次《つぎ》の瞬間《しゅんかん》、その言葉《ことば》をうらづけるかのように、ゴッホの左目はズキズキといたみました。二人は、部屋《へや》のすみで聞き耳をたてました。もちろん、クモの博士《はかせ》も御殿《ごてん》づくりはいったん中止して、耳を澄《す》ましました。

少しすると、扉《とびら》は静《しず》かに閉《と》じました。

3　六人の小人

机《つくえ》の上には、六人の小人が肩《かた》で息《いき》をしながら立っていました。あざやかな色のスーツやドレスを着《き》こみ、胸《むね》にはおそろいのバッジをつけています。それぞれ『火』『水』『木』『金』『土』『日』の文字がかかれていました。

（あれっ、一人たりないようだ）

ゴッホが首をひねりました。

その時、絵日記の側《そば》に転《ころ》がっていた二Bのえんぴつが、すっくと立ちあがり、目の前に小人が六人いることを確《たし》かめると、静《しず》かに話《はな》し始《はじ》めました。

えんぴつは、日焼《ひや》けした丸い顔に四角いめがねをかけ、鼻《はな》の下に立派《りっぱ》なナマズひげを生やしています。赤い丸帽子《ぼうし》をかぶり、黒のタキシードをはおったさまは、まるで王さまのようなかんろくでした。暗《くら》やみに、ドラのように低《ひく》い声がひびきわたりました。

「わしは、絵日記カントリーを取《と》り仕切《しき》っている、えんぴつのカケールという。先ほど、月曜夕ウンの代表《だいひょう》『ムーン』がいなくなったと連絡《れんらく》を受《う》けた。地球《ちきゅう》が始《はじ》まって以来《いらい》の大事件《だいじけん》なので、緊《きん》急《きゅう》に集《あつ》まってもらった。これまで、絵日記カントリーでは、七つの町を七人で治《おさ》めてきた。ムーンが見つからなかったら、一週間が六日になってしまう。おそらく地球《ちきゅう》は大さわぎになり、人間たちは混乱《こんらん》するだろう。すぐに見つけ出してほしい。以上《いじょう》だ」

カケールは、ナマズひげをじまんげに十三度《ど》ほど上げると、小人の顔を一人一人見つめて言いました。

ゆうは、いつも使《つか》っている二Bのえんぴつを見て、

（あたしのえんぴつがまさか、絵日記カントリーを取《と》り仕切《しき》っていたなんて……。こんなことなら、えんぴつの芯《しん》をけずってあげればよかった）

と、反省《はんせい》しました。顔が細い方がしゅっとしてかっこいいと思ったのです。

「何か質問《しつもん》はあるか？」

カケールが六人の代表《だいひょう》にたずねました。

「ムーンに、いったい何があったのでしょう？」

水曜タウンの代表《だいひょう》『ウォーター』は、丸い顔を真《ま》っ赤《か》にして首をかしげました。汗《あせ》が泉《いずみ》のようにわきあがり、床《ゆか》に水たまりを作っています。新調《しんちょう》したばかりのコバルトブルーのスーツがぬれて、まるでおもらしをしたように見えました。

「こんな勝手《かって》なことをして許《ゆる》せない！」

火曜タウンの代表《だいひょう》『ファイアー』は、高い声をキンキンあげておこりました。すると、身体《からだ》の周《まわ》りに火花が散《ち》ってワインレッドのドレスは穴《あな》だらけ……。プンプンおこると、今度《こんど》は暗《くら》やみに花火がドンドンパンパンとあがりました。

「こんなせまいところで花火は危険《きけん》だ。ぼくは火が苦手《にがて》だ。やめてくれ！」

ウォーターが水でっぽうをファイアーに向《む》けると、カケールは、

「今、代表《だいひょう》どうしが争《あらそ》っている時間はない」と、ピシャリと言って止めました。

「もしかして、ただ働《ばたら》きがいやになってにげだした……？　ぼくたちは、どんなに働《はたら》いてもお金はもらえないからね」

金曜タウンの代表《だいひょう》『ゴールド』は、からっぽの貯金箱《ちょきんばこ》をふってみせました。もちろん音はしません。貯金通帳《ちょきんつうちょう》を開《ひら》くと、真《ま》っ白《しろ》けのけっけ。もちろん残高《ざんだか》はありません。ゴールドはお金なんてないくせに、背中《せなか》のリュックに貯金箱《ちょきんばこ》と貯金通帳《ちょきんつうちょう》を入れて持ち歩《ある》いていたのです。いつか、ひともうけしたいという夢《ゆめ》がありました。

「そんな下品《げひん》なことを言うでない。わしらはボランティアだから尊《とうと》いのじゃ」

土曜タウンの代表《だいひょう》『ソイル』は、シジュウカラのように澄《す》んだ声を張《は》りあげました。りんとして、気品《きひん》があります。高貴《こうき》なラベンダー色の着物《きもの》を身《み》につけ、長い髪《かみ》は後ろに結《ゆ》いあげていました。手に持《も》っていたせんすを開《ひら》くと、満開《まんかい》のウメが描《えが》かれています。フーッと息《いき》を吹《ふ》きかけると、

花びらが散《ち》って部屋《へや》に春がやってきました。その瞬間《しゅんかん》、みな、美《うつく》しさに心を奪《うば》われました。ソイルは、

「もしお金をもらっていたら、この感動《かんどう》はなくなってしまうじゃろう」

と、静《しず》かに言いました。

「ああ、わしらはこのままでいい。そんなことより、ムーンが消《き》えたのには、特別《とくべつ》な理由《りゆう》があったにちがいない。その理由《りゆう》とやらを教えてほしい」

木曜タウンの代表《だいひょう》『ウッド』は、カケールにたずねました。目の覚《さ》めるようなパロットグリーンの上着をはおり、あごひげは根《ね》のように長く伸《の》び地面《じめん》につきそうなほどでした。

「何事《なにごと》も原因《げんいん》を知ることが大切じゃ。ただ連《つ》れもどしても、問題《もんだい》の解決《かいけつ》にはならないさ」

ウッドは、あごひげをなでながら遠くを見つめました。

「ムーンの消《き》えた理由《りゆう》じゃが、今のところ、確《たし》かなことは何ひとつわかっていない」

カケールはがっくりと肩《かた》を落《お》とすと、ナマズひげはへの字になりました。

「ところで、どうやってさがしだしましょう。絵日記カントリーは、私《わたし》たち代表《だいひょう》が長時間いなくなると、その曜日がなくなってしまいます。結論《けつろん》から申《もう》しますと、私《わたし》たちは自分たちの町をはなれることができない。つまり、残念《ざんねん》なことですが、さがしにいくことはできないということです。一人いなくなるだけでもこのさわぎです。二人、三人ともなると、絵日記カントリーはいったいどうなるか……。これは大問題《だいもんだい》でしょう」

日曜タウンの代表《だいひょう》『サン』が話《はな》し始《はじ》めると、暗《くら》い部屋《へや》が明るくなりました。腰《こし》まで伸《の》びた金色の巻《ま》き毛《げ》がゆれるさまは、まるで天の川のようなかがやきです。その中から流《なが》れ星《ぼし》がひとつ、ふたつ、みっつあらわれると、サックスブルーのドレスに着地《ちゃくち》しました。

しばらくして、カケールの低《ひく》い声がひびきました。

「ムーンをさがすのは、絵日記の持《も》ち主《ぬし》であるゆうちゃんと、連絡《れんらく》をくれたネズミのゴッホにお願《ねが》いすることにしよう。ただし、二人がみんなの町に行った際《さい》には力をかしてほしい」

ゆうとゴッホは、自分たちの名前があがったのでおどろきました。かくれているつもりが、カケールにはしっかりと見えていたのです。

「ネズミのゴッホです。みなさんの力をかしてください」

ゴッホは、かくごを決《き》め机《つくえ》の上に飛《と》び出《だ》して言いました。

「ゴッホ、絵日記カントリーのいちだいじを知らせてくれてありがとう」

カケールがお礼《れい》を言うと、ゴッホはひやりとしました。

（おいら、連絡《れんらく》なんてしてないけどなあ……。机《つくえ》に着地《ちゃくち》した時、えんぴつがじゃまだったからけとばしただけ……）

「あ、あ、あたしは、ゆうこ。ゆうとよんでください」

ゆうが耳を真《ま》っ赤《か》にして言うと、とつぜんはくしゅがわきあがりました。

「まさか、私《わたし》たちの生みの親に会えるなんて」と、サンは涙《なみだ》ぐみました。

「大げさよ！」と言って照《て》れながら、ゆうはハンカチをわたしました。

「最強《さいきょう》の助《すけ》っ人《と》じゃなあ。なにしろ、ゆうちゃんは絵日記の持《も》ち主《ぬし》じゃから……。おかげで、わしらは、おもしろおかしく毎日を送《おく》ることができている」

ソイルがひざまずくと、他《ほか》の代表《だいひょう》もあわててまねしました。その瞬間《しゅんかん》、カケールが、

「しまった。九分二十三秒《びょう》もたってしまった。それでは、これにて解散《かいさん》！」

と、手もとの時計を見てさけびました。

その時、ナマズひげは、あまりのおどろきで垂直《すいちょく》にはねあがり鼻《はな》の穴《あな》をくすぐると、カケールは大きなくしゃみをしました。六人の小人は、絵日記の上に飛ばされると、表紙《ひょうし》の扉《とびら》が開《ひら》き階段《かいだん》を転《ころ》がるようにおりていきました。

小人がいなくなると扉《とびら》は静《しず》かに閉《と》じました。カケールは二Bのえんぴつにもどっていました。

4　絵日記カントリー

今日で、春やすみはおわりです。
あしたは、月よう日。
どうか、月よう日がなくなりますように……。

今夜、ふとんに入る前に、絵日記にこんなことを書いたのです。ゆうは、はっとしました。

（自分のせいでムーンが消《き》えてしまったにちがいない……）

だれにも言えません。ぜったいにひみつです。

「さあ、絵日記カントリーに出発《しゅっぱつ》だ！」

ゴッホの声に、ゆうは、あわててパジャマからオーバーオールに着《き》がえました。

「エイエイオー！」

気合を入れると、ゆうとゴッホは小さくなりました。

二人が表紙《ひょうし》に飛《と》び乗《の》ると、イラストの扉《とびら》がギーッと開《ひら》き、暗《くら》やみの中にシルバーホワイトのらせん階段《かいだん》が見えました。ゴッホはゆうの肩《かた》にポンと乗《の》ると、

「アンテナを使《つか》うにはさいてきの場所《ばしょ》だ」

と言ってこうふんしました。

ゴッホの耳には性能《せいのう》のいいアンテナがついていて、一万キロ先の小さな音を拾《ひろ》うことができました。集中《しゅうちゅう》すると、せんすのように大きく開《ひら》きます。ゆうが、ゴッホを乗《の》せ三百段《だん》ほどおりたころ、広い丘《おか》が見えました。

「ゴッホ、やっと着《つ》いたあ！」

ところが、何もありません。遠くに見えるはずの空も海も山も木も、みんなまっしろです。空では雲の子どもたちがおいかけっこをし、海では白波《しらなみ》が高とびし、カモメのおうえん団《だん》がはくしゅをしました。山にはハナミズキの花が咲《さ》きほこり、テントウムシの結婚式《けっこんしき》が行われています。野原ではスノーフレークやユキノシタがお祝《いわ》いサンバを歌っていました。

「ゴッホ、景色《けしき》が見えない」

「ああ、ここは、『はじまりの丘《おか》』だから、色がついていないのさ。そのしょうこに、見てごらん。

おいらもゆうもまっしろだ。絵日記カントリーは、町に入ると物語《ものがたり》が生まれて色がつくしくみになっている。ここは、町への入り口だから、まだ何も始《はじ》まっていない。だから、時間もストップしている」

「いるのにいない……。あたしたち、ゆうれいかしら？」

「だいじょうぶ。ゆうれいには足がないけれど、おいらたちにはあしがある。さっき、階段《かいだん》をおりてきただろう？」

その時、ゆうが、

「あれは何？」

と指《ゆび》をさしました。目を細めると、指《ゆび》をさした先にうっすらと何かが見えます。まっしろの空間に、白い案内《あんない》かんばんが浮《う》きあがって見えました。

「ゆう、すごいぞ。よく見つけた。これは、絵日記カントリーの地図だ！」

かんばんには、まるでドーナツのように、七つの町が輪《わ》になって描《えが》かれていました。月曜タウンから順番《じゅんばん》に、火曜タウン、水曜タウン、木曜タウン、金曜タウン、土曜タウン、日曜タウンと続《つづ》き、月曜タウンにつながっています。町には、それぞれちがった色のボタンがついており、おせるようになっていました。

かんばんのすみには、こんな注意書《ちゅういが》きがありました。

> 何も見えない風景《ふうけい》の中に母ヤギがかくれています。
> そのミルクを飲《の》んで、行きたい町のボタンをおすと、瞬間移動《しゅんかんいどう》で行くことができます。

「耳を澄《す》まそう！」

ゴッホは耳をビヨーンと大きく広げ、二人は白い世界《せかい》に足をふみ入れました。見えない世界《せかい》では、音だけがたよりです。ゴッホのアンテナで、母ヤギはすぐに見つかりました。メエーッメエーッと大声で立《た》て続《つづ》けに鳴き、友達《ともだち》をさがしていました。

「ヤギのミルクは、昔《むかし》、人間たちにとても愛《あい》されていたの。消化《しょうか》もよく美容《びよう》にもいい。ところが、ウシの商人《しょうにん》がモーレツに宣伝《せんでん》したものだから、売れなくなってしまった。くやしいったらありゃしない」

母ヤギがいかりをばくはつさせると、お乳《ちち》からミルクがピューピュー吹《ふ》き出《だ》しました。あんまり久《ひさ》しぶりだったので、力の入れ方を忘《わす》れていたのです。

「味《あじ》はどう？」

「とびきりおいしい。ほんのりと生クリームの味《あじ》がする」

母ヤギはうっとりすると、すいとうにたくさん入れてくれました。

「これで、クリアーだ」と、ゴッホがさけびました。

5　月みくじ線ふくぶくろ駅《えき》

「ゴッホ、あたしたち、このボタンをおすだけで行きたい町に行ける！」

「ああ、それにしても、母ヤギさんのミルクには、とんでもない力がかくされている。どこの世《せ》界《かい》でも母親っていだいだなあ」

「ママはうるさいだけだけどね。そんなことより、どこに行こう？」

「うーん、まずは、月曜タウンに行って、町の人の声を聞いてみよう」

「オッケー！」

ゴッホが月曜タウンのボタンをおすと、「**ムーンガキエタポロポロピーン！**」というメロディーが流《なが》れ、二人は月曜タウンに到着《とうちゃく》しました。

ここは、『シルバーの町』。あたり一面《いちめん》、銀色《ぎんいろ》のじゅうたんがどこまでも広がっています。シロツメクサの葉《は》はたいてい三枚《まい》ですが、大笑《おおわら》いすると四枚《まい》になりました。みんな数を増《ふ》やしたくて、野原には笑《わら》い声《ごえ》がこだましていました。

時折《ときおり》、ミツバチがやってきて、大好物《だいこうぶつ》のジュースを吸《す》っています。どのレストランがおいしいか飲《の》み比《くら》べをしました。冬の間、巣《す》にこもっていたので、久《ひさ》しぶりのお空がうれしくてたまりません。ゆうが耳を澄《す》ますと、いちばん大きな羽を持《も》つミツバチが、羽をふるわせて歌っていました。

ゲツヨウタウン　ムーンガキエテ　オオサワギ
コノコエガ　トドクアナタハ　キュウセイシュ
オネガイシマス　ドウカワタシニ　ツイテキテ

ゆうには、ミツバチが自分を指名《しめい》しているように聞こえたので、あわてておいかけました。やがて、月曜タウンのメインストリートに出ました。

コノマチノ　ニンキスポット　ツキミクジセン
エキノナマエハ　ミンナダイスキ　フクブクロ

ジケンカイケツノ　テガカリガ　アリマスヨウニ

ミツバチは、じまんのビブラートを使《つか》って歌うと、一礼《いちれい》して花畑《はなばたけ》にもどりました

月曜タウンは、それは小さな町でした。遠くに、かまぼこのような形をした山が二つ、ならんでいます。その間をヘビのようにくねくねした川が流《なが》れ、ハート形の泉《いずみ》がありました。この水は、永遠《えいえん》の命《いのち》をかがやかせる力があると伝《つた》えられています。

白と黒のレンガでできた家々は、まるでコンパスで描《えが》かれたような線路《せんろ》に囲《かこ》まれていました。家の周《まわ》りには畑《はたけ》が広がっていましたが、手入れされることがないようで、あれほうだいです。草は、あと少しで家の高さをこしそうなほど高く伸《の》びていました。

通りすがりの人々は、みな、スズランのように下を向《む》いて歩いています。元気なはずの子どもたちの表情《ひょうじょう》もしおれていました。

「ゴッホ、この町の人はどこかおかしい！」

「ああ、たましいのぬけがらみたいだ」

とことこ歩いていくと、立派《りっぱ》な駅《えき》がありました。ブルーブラックの三角屋根《やね》には七つ星が光り、大理石でできたかべにはシンボルの三日月が描《えが》かれています。入り口には、『ふくぶくろ駅《えき》』と書かれたかんばんがありました。

「へんてこりんな名前ね。年始《ねんし》の初売《はつう》りみたい。何かをつめて売っているのかなあ」

サザエのようなエスカレーターで上がると、ウサギの駅員《えきいん》たちは、帽子《ぼうし》をぬいでうずくまっていました。

バッジのついた帽子《ぼうし》をかぶった大耳ウサギが、ゆうを見つけると、

「残念《ざんねん》ながら、現在《げんざい》、この駅《えき》の電車はストップしています。今後、運転再開《さいかい》の見こみはありません。お帰りください」

と、後ろ足で床《ゆか》をけって大きな音を立てました。

「あたしたち、この町の代表《だいひょう》がいなくなったと聞いてやってきました。あやしいものではないわ。あたしの名前はゆうこ。ゆうとよんでください」

「おいらは、ネズミのゴッホ。ゆうのあいぼうさ」

大耳ウサギは目をぱちくりさせて、二人を応接室《おうせつしつ》へ案内《あんない》しました。

ここは、三百六十度《ど》ガラス張《ば》りでしたから、月曜タウンが一望《いちぼう》できました。

「ゆうちゃん、ゴッホ、ここに、おかけください」

二人が腰《こし》をおろすと、いすはキラキラ光りました。ハートの形の泉《いずみ》から、ゲンジボタルの家族《かぞく》が遊《あそ》びにきていたのです。

「ムーンはどこへ……？」

「わしらもついさっき聞いたばかり。とつぜんのことで信《しん》じられないさ。紹介《しょうかい》がおくれたが、わしは駅長《えきちょう》のスマイルという。毎日、当たり前のように運行《うんこう》していた『月みくじ線』がストップし、今、月曜タウンは大さわぎだ。わしは、若《わか》いころから、ずっとこの駅《えき》で働《はたら》いておるが、こんなことは初《はじ》めてじゃ」

スマイルは年季《ねんき》の入った書だなを開《あ》けると、三段《だん》目のたなからトカゲ色をした表紙《ひょうし》の『月みくじ線日誌《にっし》』を取《と》り出《だ》してみせました。

厚《あつ》さは三十センチほどあり、ページをめくるとかびくさいにおいがプンプンしました。この電

車ができた時から、一日も休まず、記録《きろく》されていました。

「電車は、ふつう人や物《もの》を運《はこ》ぶものだろう。ところが、この『月みくじ線』はそれだけではない。ふしぎな力を持《も》っているのじゃ」

「えっ、ふしぎな力……？」

「ああ、そうさ。人間たちに大きな夢《ゆめ》をプレゼントしてくれる。なにしろ、『ふくぶくろ駅《えき》』と名がつくくらいじゃからね」

スマイルがじまんげに言うと、さっきまでしおれていた耳がピンと立ちました。

「プレゼント、あたしもほしいな！」

「ただし、乗《の》るためには条件《じょうけん》がある。あるものがないとだめなのじゃ」

「あたしも持《も》っている？」

「もちろん、人間なら、みな持《も》っているさ」

うーん……。

しびれをきらして、スマイルが言いました。

「それは、笑顔《えがお》じゃ。ここの自動券売機《じどうけんばいき》は、笑顔《えがお》の人がお金を入れると『幸《しあわ》せ行き』のキップ、しかめっ面《つら》の人がお金を入れると『不幸《ふこう》行き』のキップが出てくる」

「うわぁ、こわい！」

ゆうがさけぶと、ゲンジボタルはギラギラッと光りました。

「大昔《おおむかし》、この町の人々は考えた。笑顔《えがお》になるためにはどうしたらいいか。その結果《けっか》、ある法則《ほうそく》を発見《はっけん》したのだ。それは、人は満月《まんげつ》を見ると笑顔《えがお》になるということだった。理由《りゆう》はわからぬが、いつしか、この町に、満月《まんげつ》を待《ま》ってキップを買う習慣《しゅうかん》ができた。今日は、待望《たいぼう》の満月《まんげつ》の日。ところが、ムーンが消《き》えたせいで、電車に乗《の》る人はいない」

　スマイルは、肩《かた》を落《お》として言いました。

「大昔《おおむかし》の人は、すごい法則《ほうそく》を発見《はっけん》したのね。あたしには、よくわからないけど……。幸《しあわ》せ行きってどこに停《と》まるの？」

「この『月みくじ線』には、もともと停車《ていしゃ》する駅《えき》はふたつしかない。ひとつは『フルムーン』で、もうひとつは『ニュームーン』という。フルムーンは幸《しあわ》せ駅《えき》で、希望《きぼう》を手にすることができるのじゃ。ここには天使《てんし》がいて、特製《とくせい》のはちみつをプレゼントしてくれる。食べると勇気《ゆうき》りんりん、やる気が満《み》ちてくる。反対《はんたい》に、ニュームーンは不幸駅《ふこうえき》で、悲《かな》しいかな、絶望《ぜつぼう》を手にするじゃろう。ここには、人間たちの希望《きぼう》を食べる悪魔《あくま》が住《す》んでいて、わずかしかない希望《きぼう》をしぼりとるんじゃ。過去《かこ》に行った人がいたが、帰ってこなかった」

　スマイルの話を聞いているうちに、ゆうはぞくぞくしました。

「ところで、ムーンの消《き》えた理由《りゆう》って？」

　ゴッホが、おそるおそるたずねます。

「正直よくわからない。何しろ一度《いちど》も会ったことがないのじゃ。ただし、風の便《たよ》りによると置《お》き手紙《てがみ》があって、『わけがあって旅《たび》に出る』とだけ書いてあったらしい」

　スマイルは、もうしわけなさそうに言いました。

（わけがあって旅《たび》に出る？　どうか、あたしの日記が原因《げんいん》でありませんように）

　ゆうは、心の中で手を合わせました。

　その晩《ばん》、シロツメクサの花畑《はなばたけ》で、たくさんのミツバチが羽をふるわせて歌っていました。大合《だいがっ》唱《しょう》です。シロツメクサは、久《ひさ》しぶりのコンサートに胸《むね》を熱《あつ》くしました。

オキテガミニハ　ワケガアッテ　タビニデル
ゲンインハ　カイケツノ　オオキナイッポ
コレハ　スコシバカリノ　ジンチュウミマイ

次《つぎ》の朝、ゆうとゴッホが目を覚《さ》ますと、枕《まくら》もとにはちみつの小ビンがありました。

「ミツバチさんからだわ！」

はちみつをなめると、勇気《ゆうき》りんりん、力がわきあがってきました。

「あたしたち、絶対《ぜったい》、ムーンを見つけなくちゃ！」

（フルムーンの天使《てんし》ってミツバチにちがいない）

ゴッホのひとみが光りました。

6　まぼろしのステーキ

ゆうとゴッホは、『はじまりの丘《おか》』にもどり、ミルクを飲んで火曜タウンのボタンをおすと、「**イッツボシレストランウソツキ！**」というメロディーが流《なが》れ、真《ま》っ赤《か》な沼《ぬま》にポチャンと落《お》ちました。大男が、

「今日のスープには、お取《と》り寄《よ》せの高級肉《こうきゅうにく》が入っている。おいしそうだなあ」

と言うと、スプーンにゆうとゴッホをすくいとりました。大男が口に入れようとしたとたん、ゴッホは、大男の鼻《はな》の穴《あな》をめがけトウガラシをふりかけました。すると、大男は、大きなくしゃみをして、二人は飛《と》ばされました。

ここは、『レッドの町』。地平線《ちへいせん》に目をやると、お日さまは、お気に入りの赤ワインを口に含《ふく》んだまま、ゆっくりと息《いき》をはき出しました。すると、ボルドーフォンセのベールがかかって、町全《まちぜん》体《たい》があかね色に染《そ》まりました。ハナミズキの母さんは、よっぱらって花びらをルビー色にかがやかせました。スミレの青年は、恋《こい》をしてほおを赤らめました。

「あれは何……？」

ゴッホの指《ゆび》の先には、夕焼《ゆうや》け雲《ぐも》が、勢《いきお》いよくこちらに向《む》かっています。夕焼《ゆうや》け雲《ぐも》は、二人の前で急《きゅう》ブレーキをかけて止まりました。その瞬間《しゅんかん》、運転手《うんてんしゅ》がドサッと投《な》げ出《だ》されました。火曜タウンの代表《だいひょう》をしているファイアーです。

「イテテッ、大急《おおいそ》ぎで、たつまき号《ごう》に乗《の》ってきたの」

雲のタクシーは、スピードにより種類《しゅるい》がありました。いちばんゆっくり走るのは『そよ風号《ごう》』で、景色《けしき》を楽しむことができました。次《つぎ》の『つむじ風号《ごう》』は少しスピードが上がり、『たつまき号《ごう》』は急《いそ》ぎの場合に使《つか》いました。さらに速《はや》い『台風号《ごう》』もありました。

「ゆうちゃん、ゴッホ、ようこそ、わが町へ。待《ま》っていたわ。見て！」

と言うと、かかえていたキャンバスを見せました。

そこには、目の前に広がっている風景《ふうけい》が、色美《うつく》しく表現《ひょうげん》されていました。たとえば、

「えっ、今、見て描《か》いたの？」

ゆうがおどろいて言うと、ファイアーは手を横《よこ》にふりました。

「その反対《はんたい》よ。あたいが絵を描《えが》くと、目の前に風景《ふうけい》となってあらわれる。あたいは、この町で夕日のクリエイト画家をしているの」

その時、カラスの大群《たいぐん》が、「カエレ！」とうるさい声で鳴きました。ファイアーは、

「ごめんなさい。調子《ちょうし》に乗《の》って描《か》きすぎちゃったようだわ」

と、頭をかかえました。

地球上《ちきゅうじょう》に画家はたくさんいますが、夕日のクリエイト画家は、ファイアー一人でした。なにしろ、描《か》いた絵が景色《けしき》になるのですから、こんなに楽しいことはありません。その日の気分に合わせ、好《す》きな調味料《ちょうみりょう》を使《つか》ってシャカシャカポンッと描《えが》きました。

なぜ、絵《え》の具《ぐ》でなく調味料《ちょうみりょう》を使《つか》うのか？　それは、口に入っても害《がい》はないからです。ファイアーはそうとうなくいしんぼうでした。歌いながらリズムに合わせて描《か》きました。

イチゴジャム　アツクヌッテ　ペロリンパ
バタートロトロ　キリフキデ　シュシュシュ
イカスミデ　カラスノムレヲ　ワンツースリー
トウガラシ　パラパラフッテ　デキアガリ

「この町に、ムーンは来たかしら？」

「その前に、二人を連《つ》れていきたいところがあるの。最速《さいそく》の『台風号《ごう》』をよぶわね」

「ファイアー、それだけはやめて！」

しかたなく、ファイアーは『そよ風号《ごう》』に変更《へんこう》しました。町を見物《けんぶつ》するには、ちょうどいい速《はや》さです。空の上から、家々が、まるでおもちゃのように見えました。

とちゅうで、カラスの集団《しゅうだん》とすれちがいました。みな、ゴホンゴホンとせきをして、のどの病《びょう》院《いん》へかけこみました。カラスのお医者《いしゃ》さんは、葉《は》っぱを配《くば》り、

「最近《さいきん》、空気がにごってきたので、マスクをするように！」

と、アドバイスしました。ファイアーは、しあげのトウガラシをひかえようと思いました。

やがて大きなホールに着《つ》きました。おなべの形をした建物《たてもの》は、あざやかなザクロ色で、ふたからは、白い湯気《ゆげ》が立っていました。入り口には、フラミンゴが、ハイヒールをはいて、

「食の発展《はってん》のために、研究《けんきゅう》にご協力《きょうりょく》ください」

と、投票《とうひょう》用紙を配《くば》っていました。

フラミンゴは、町の美人《びじん》コンテストで選《えら》ばれた三姉妹でした。長い首は骨《ほね》が浮《う》きあがっています。三姉妹は、美《うつく》しさをたもつためにダイエットをしたり、一本足で立つことで筋肉《きんにく》をきたえたりしていました。

「ここが、研究所《けんきゅうじょ》よ。食べることが好《す》きで、食の研究《けんきゅう》をしているわ」

「だから、建物《たてもの》の形がおなべなのね」と、ゆうは天井《てんじょう》を指《ゆび》さしました。

「その通り。作っている時は、湯気《ゆげ》がこもらないようにふたを開《あ》けるのよ。おなべの形をしているから、便利《べんり》でしょう」

「どんな研究《けんきゅう》を……？」と、ゴッホが首をかしげました。

「火を使《つか》うことで、人間たちは文化《ぶんか》をきずいてきた。たとえば、原始人《げんしじん》は狩《か》りをして、動物《どうぶつ》をにたり焼《や》いたりしてうま味《み》を知った。寒《さむ》い時には、火をたいて温《あたた》まった。火がなかったら、今の生

活はきずかれていない。あたいは、火について研究《けんきゅう》しているの」

ファイアーは、高い声をあげたりおこったりして、火を起こすことができました。


さて、会場では、今まさに、『料理対決《りょうりたいけつ》』が行われていました。ひとつは、あるレストランの『まぼろしのステーキ』、もうひとつは、家庭《かてい》でよく作られる『おむすび』です。

「食べてみて、おいしい方に投票《とうひょう》してください。三ヶ月間にわたる対決《たいけつ》は、今終《お》えようとしています。まだ投票《とうひょう》されていない方はお願《ねが》いします」

会場には、三姉妹のアナウンスがひびきわたりました。

「今、行っているのは、『おいしいのはどっち対決《たいけつ》』よ。食事《しょくじ》を作る人と食べる人にも力をつけてほしいの。料理人《りょうりにん》が上手に作れば、もちろんおいしく食べられる。でも、食べる人がおいしさの判断《はんだん》ができなかったら、食の文化《ぶんか》は発展《はってん》しないでしょう」

ファイアーは、作る側《がわ》だけでなく食べる側《がわ》についての意識調査《いしきちょうさ》も行っていました。

「二人にお願《ねが》いがあるの。結果発表《けっかはっぴょう》の後、実際《じっさい》に食べて講評《こうひょう》をお願《ねが》いしたいなあ」

「むりよ。だって、あたしは、ママの料理《りょうり》と給食《きゅうしょく》しか食べてないもの。高級料理《こうきゅうりょうり》の味《あじ》なんてわからない」

「残念《ざんねん》ながら、審査員《しんさいん》は、同じ町の人にはつとまらない。これは、とても大切な研究《けんきゅう》だから、公正に判断《はんだん》したいのよ。だから、ゆうちゃん、ゴッホ、お願《ねが》い」

ファイアーがゆずらないので、しかたなく、オッケーしました。その時、会場に、終了《しゅうりょう》のブザーが鳴りました。集計《しゅうけい》を終《お》えると、続《つづ》いて、「結果発表《けっかはっぴょう》」です。

ドロロロ、ドロロロ、ドーン……。

ドラムロールが流《なが》れると、会場は、とつぜん静《しず》まり返《かえ》りました。この日のために、町中の人が集《あつ》まっていました。

「結果《けっか》は、ステーキ三千三百二十六票《ひょう》、おむすび百七十三票《ぴょう》でステーキの勝利《しょうり》です」

ステーキを作ったのは、高級《こうきゅう》レストランのシェフでした。天井《てんじょう》に着《つ》きそうなほど長いコック帽《ぼう》をかぶっています。紹介《しょうかい》されてステージに上がると、

「わが五つ星レストランの『まぼろしのステーキ』が選《えら》ばれてうれしいです」

と言って、胸《むね》を張《は》りました。じまんの鼻《はな》はぐんと高く伸《の》びました。

一方、おむすびをにぎったのは、姉《あね》さんかぶりをしたおばあちゃんでした。

「わしゃ、うれしい。おむすび一筋《ひとすじ》六十年、この町でにぎり続《つづ》けてきてよかったです」

と言うと、姉《あね》さんかぶりをとってふかぶかと頭をさげました。

「では、実食《じっしょく》。食べるのは、本日、この町を訪問《ほうもん》されているゆうちゃんとゴッホです」

フラミンゴの美人《びじん》三姉妹が二人を紹介《しょうかい》すると、テーブルの上に料理《りょうり》が運《はこ》ばれてきました。ゆうとゴッホは町中の人々の視線《しせん》を浴《あ》び、ガタガタとふるえました。

まず、おむすびです。ゆうが一口ほおばると、あったかいママの味《あじ》がしました。たき立てのごはんはもちもちして、かむほどに甘《あま》く、塩味《しおあじ》がごはんのおいしさを引き出していました。ゆうもゴッホもむしゃむしゃ食べました。

「おむすびは、とてもおいしいです！」

次《つぎ》に、まぼろしのステーキです。ゆうは、お肉を一切れ口に入れると、

「かたくて食べられません！」

と言ってはき出しました。ゴッホはソースをペロペロなめると、

「くさい！」

と鼻《はな》をつまみ、つばをペッとはきました。

なんとステーキは、ゴムのタイヤで作られていたのです。デミグラスソースはハス池のドロをにこんだものでした。高級《こうきゅう》料理店《りょうりてん》のシェフはうそつきでしたから、材料《ざいりょう》をごまかしてひともうけしようと考えたのです。

この町の人たちは、まんまとだまされていました。高いお金を出してまずい料理《りょうり》をがまんして食べていたのです。空では、カラスが、

「イツツボシレストランウソツキー、ウソツキー！」

と、鳴きました。

この大会が終《お》わると、五つ星レストランは、まもなく閉店《へいてん》になりました。シェフの鼻《はな》はぺしゃんこになり、外に出ることができなくなりました。反対《はんたい》に、おむすびやは大はんじょう。おばあちゃんは、かんばん娘《むすめ》として、いつまでも愛《あい》されました。

その後、フラミンゴの美人《びじん》三姉妹はどうなったでしょう。ダイエットをやめ、一日三食の生活になり、健康的《けんこうてき》になったということです。おまけの話ですが、『フラミンゴ宅配便《たくはいびん》』として、おむすびの配達《はいたつ》をしているとか……。

7 死《し》なない薬《くすり》

おむすびの投票箱《とうひょうばこ》の中を見たら、ほとんどが子どもからの票《ひょう》でした。正直に、おいしい方に投《とう》票《ひょう》したのでしょう。一方、大人のほとんどは、ステーキに投票《とうひょう》していました。

その時、ゆうは、あっとおどろきの声をあげました。おむすびに投票《とうひょう》した票《ひょう》の中に、ムーンのサインを見つけたのです。

「すぐに、おいかけよう。目指《めざ》すは、となりの水曜タウンだ！」

ゆうとゴッホは、ファイアーに別《わか》れを告《つ》げると『はじまりの丘《おか》』にもどりました。

すいとうに入った母ヤギさんのミルクを飲《の》み、水曜タウンのボタンをおすと、「**アホアホヤメテアイウエオ！**」というメロディーが流《なが》れ、海に浮《う》かぶヨットの上に投《な》げ出《だ》されました。大きく息《いき》を吸《す》いこむと、潮《しお》の香《かお》りが鼻《はな》をくすぐりました。

ここは、『ブルーの町』。コバルトの海はどこまでも青く、生まれたての白波《しらなみ》がおいかけっこをしていました。その間をぬうように、ヨットが行き来しています。スカイブルーの空には、わたがしのような雲がポカリポカリと浮《う》かんでいました。

空ではアホウドリの子どもたちが、歌っています。

アホアホヤメテ　アイウエオ
ニカケルサンハ　ナニヌネノ
ユメヲエガイテ　ヤイユエヨ
チカラヲツケテ　リコウドリ

アホウドリの先生は、アホウドリの子どもたちに、ひらがなとかけざんの九九を教えていました。自分の種族《しゅぞく》をアホとよぶ人間たちを、見返《みかえ》してやりたいと思ったのです。いつの日か、『リコウドリ』とよばれる日を夢見《ゆめみ》ていました。

その時、ゆうとゴッホを乗《の》せたヨットは、大きくゆれました。とつぜん、ジンベエザメがあらわれ、おそいかかってきたのです。「食べてやる！」と口を開《あ》けたとたん、ゆうはジンベエザメの口に、つっかい棒《ぼう》を差《さ》しこみました。するどい歯《は》がキラキラ光っています。

「あーんして。虫歯《むしば》が多いからお肉は食べない方がいい」

ゴッホがいうと、サメはあわてて歯医者《はいしゃ》にかけこみました。

やがて、ヨットは岸《きし》に着《つ》きました。砂浜《すなはま》から町をながめると、青い山の中腹《ちゅうふく》に、しずくの形をしたサックスブルーの建物《たてもの》がそびえたっていました。らせんを描《えが》き、空に向《む》かって伸《の》びています。

建物《たてもの》の周《まわ》りには、目の覚《さ》めるような紫《むらさき》のつるバラが、ひときわ美《うつく》しく咲《さ》いていました。大きく息《いき》を吸《す》うと、潮《しお》の香《かお》りにまじり、何やら甘《あま》くてはなやかな香《かお》りが鼻《はな》をつきました。

「ゆう、何かある。行ってみよう！」

つるバラの香《かお》りにつられ歩いていくと、目指《めざ》していた建物《たてもの》の前に着《つ》きました。入り口には、かんばんがありました。

「水のパワー研究所《けんきゅうじょ》……？」と、ゆうは、首をかしげました。

チャイムを鳴らすと、水曜タウンの代表《だいひょう》をしているウォーターが出てきました。大きな身体《からだ》をゆらし、額《ひたい》にはしずくのような汗《あせ》が光って見えます。白衣《はくい》は、化学薬品《かがくやくひん》がついたのでしょうか、黄ばんでいました。

「ゆうちゃん、ゴッホ、ようこそ。ここまで、ヨットのじいさんとつるバラが案内《あんない》してくれたでしょう。あのじいさんはがんこだけど、たよりになっただろう」

ウォーターがにこにこすると、細い目が消《き》えてなくなりました。

「ヨットはウォーターの知り合いだったのね。どうりで、ピンチの時、つっかい棒《ぼう》を手わたしてくれた。ここにムーンは来ましたか？」

「残念《ざんねん》だが、まだ、わからない。中に入って、お茶でも召《め》しあがってください」

黒ねこがつるバラのお茶を出すと、ゴッホは、とっさにソファーの下にかくれました。お茶は飲《の》みたいけれど、ねこがこわくてひげの先までふるえています。

「心配《しんぱい》はいらないよ。モネはぼくのパートナーで、決《けっ》して手は出さない」

ゴッホは、安心《あんしん》してソファーの下から顔を出しました。

部屋《へや》を見回すと、かべは全《すべ》て本だなになっており、むずかしい事典《じてん》や本がおさめられていました。机《つくえ》の上には、研究《けんきゅう》中の実験装置《じっけんそうち》がすきまなくならんでいます。

「ぼくは、ここで、朝から晩《ばん》まで水の研究《けんきゅう》をしている。ほらっ、水は人間たちの生活に欠《か》かせないものだろう。すいじ、せんたく、おふろなど、一日たりとも、水なしでは生活できない。ところが、現状《げんじょう》はきびしいものさ。地球《ちきゅう》は『水の惑星《わくせい》』とよばれているのに、ほとんどが海水で、利《り》用《よう》できる水は一パーセントに満《み》たない」

「ウォーターは、人間をすくうために日々研究《けんきゅう》しているのね」

ゆうが感心《かんしん》して言いました。

「たぶん、だれよりも水が好《す》きだから……。この気持《きも》ちが、ぼくの心をどこまでも熱《あつ》くつき動《うご》かしている。ここでは、海水から飲《の》み水《みず》を作ったり、水の力を利用《りよう》して病気《びょうき》を治《なお》したりする研究《けんきゅう》をおし進《すす》めているのさ。ここまでこられたのは、モネのおかげかな」

ウォーターは窓《まど》の外を見つめて言いました。視線《しせん》の先に、スイレンの花が見えました。

「モネのおかげって……？」と、ゆうは首をかしげます。

「モネは、ぼくより先に、スイレンの池の水を研究《けんきゅう》していた。『水』という共通点《きょうつうてん》があるから、お互《たが》いにアドバイスし合うことができた。ヒントがかみ合って、少しずつ研究《けんきゅう》が前進《ぜんしん》しているのさ。ぼく一人じゃ、とうていここまでできなかった」

ウォーターは、モネをだきあげると続《つづ》けました。

「もし、海水が飲《の》み水《みず》になったら、好《す》きなだけ使《つか》えるだろう。もちろん、水道料金《りょうきん》は無料《むりょう》。もし、つかるだけで、悪《わる》い成分《せいぶん》が身体《からだ》の外へ出る水が開発《かいはつ》されたら、メスを使《つか》って悪《わる》い部分《ぶぶん》を切るという手術《しゅじゅつ》はなくなるだろう。もちろん、いたみもなく、時間もかからず、費用《ひよう》もかからず、だれでも受《う》けることができる。そんな未来《みらい》をめざしているのさ」

ウォーターが照《て》れるように言いました。

（なんて、偉大《いだい》な研究《けんきゅう》だろう。これを人間たちに教えられたらなあ）

ゴッホはこうふんして、しっぽをブルンブルンふり回しました。

「ここでは、もうひとつ、人類最大《じんるいさいだい》の夢《ゆめ》を実現《じつげん》すべき研究《けんきゅう》に打《う》ちこんでいる。この建物《たてもの》は五十階《かい》建《だ》てだが、この研究《けんきゅう》は、かくれ部屋《べや》の地下室で行っている」

ウォーターの声は、とつぜん小さくなりました。

「まだ、人間たちにはひみつだが、ある薬《くすり》を開発《かいはつ》しているのだ」

「ある薬《くすり》って……？」

「それは……、『死《し》なない薬《くすり》』だよ」

ゆうのひとみが光りました。

「三百年ほど前、ぼくは、モネを通じて、知り合いの魔女《まじょ》から薬《くすり》の本を借《か》りた。全《ぜん》ページ手書きで、四万七十七ページにも及《およ》ぶ。本のタイトルは、確《たし》か『魔女《まじょ》家に代々伝《だいだいつた》わる薬《くすり》のあれこれ』だったかな。そこには、『三時間だけとうめい人間』『百パーセント笑《わら》い薬《ぐすり》』『男と女反対《はんたい》ドロップ』など、魔女《まじょ》力をアップする薬《くすり》の作り方が書いてあった。その最終《さいしゅう》ページに、なんと、死《し》なない薬《くすり》の作り方が紹介《しょうかい》されていた。本はすぐに返《かえ》したが、作り方をメモしておいたのさ」

ウォーターは、金庫《きんこ》を開《あ》けると古ぼけたメモを取《と》りだしました。

◇「死《し》なない薬《くすり》」の作り方
一　なべの中に、およそ一万枚《まい》の紫《むらさき》のつるバラの花びらを入れる。
二　恋《こい》をしているバラのときめきと、失恋《しつれん》したバラのため息《いき》をそっとかける。
三　大きくするどいトゲを七本選《えら》び、素早《すばや》くすりおろして汁《しる》をしぼる。
四　しぼった汁《しる》をなべの中に入れ、花びら全体《ぜんたい》にいきわたるようまぜ合《あ》わせる。
五　『命《いのち》の泉《いずみ》』からすくってきた水をたっぷりと入れ、よくにこむ。
　　にこむ期間《きかん》は、ぴったり四千七百七十一年。


「わかった！　この薬《くすり》を作るために、紫《むらさき》のつるバラを育《そだ》てているのね」

「ゆうちゃんは、かんがいいなあ。その通りさ。ところが、このつるバラには、条件《じょうけん》があってね。それをクリアーしないとだめなんだ」

「どんな条件《じょうけん》……？」

「たとえ日照《ひで》りが続《つづ》いても、雪がふっても、花は美《うつく》しく咲《さ》き続《つづ》けなければならない。そんな花には、『生物《せいぶつ》を永遠《えいえん》にかがやかせるパワー』がひそんでいるらしい」

「それで、クリアーできたの……？」

「ぼくのつるバラは水がないと枯《か》れるし、冬にはつぼみさえつけない。それに、『命《いのち》の泉《いずみ》』も見つかっていない。まだ、薬《くすり》の材料《ざいりょう》をじゅんびしている段階《だんかい》さ。でも、あきらめない」

と言うと、ウォーターは、つるバラのお茶を飲《の》みほしました。

この話を聞いていたゴッホは、

（命《いのち》の泉《いずみ》って、もしかしたら、月曜タウンにあるハート形の泉《いずみ》ではないだろうか。でも、このことは内緒《ないしょ》にしよう。もし、この薬《くすり》ができたら、地球《ちきゅう》は戦争《せんそう》になってほろんでしまうだろう。お金や権力《けんりょく》のある人が買いしめ、何もない人はぬすんだり、きずつけあったりするにちがいない。そうならないために、どうか死《し》なない薬《くすり》が開発《かいはつ》されませんように）

と、手を合わせました。


その晩《ばん》、水曜タウンに、三日月があらわれました。ムーンが連《つ》れているススキのばあさんが、

「夏は暑《あつ》いので、涼《すず》しくなる夜に散歩《さんぽ》がしたい」

と、わがままを言ったのです。ムーンは姿《すがた》を消《け》す魔法《まほう》が使《つか》えるくせに、こんな夜、旅先《たびさき》で自分を見つける人はいないだろうと気をぬいていました。

「ムーンだわ！」と、ゆうがさけびました。

8　この木「ナンノ木」

ゴッホは、モネの名前をどこかで聞いたことがあると思ったのですが、それは、フランス出身《しゅっしん》の画家でした。「スイレン」の油絵《あぶらえ》はあまりにも有名《ゆうめい》でしたから……。あの黒ねこは、モネの飼《か》いねこにちがいありません。

「ムーンたら、げっそりとやせ細って、なんだかかわいそう」

「ついさっきまで、水曜タウンにいたことは確《たし》かだ。すぐに、おいかけよう。目指《めざ》すは、となりの木曜タウンだ」

ゆうとゴッホは『はじまりの丘《おか》』にもどり、ミルクを飲んで木曜タウンのボタンをおすと、「**ナツガウマレタポロポロピーン！**」というメロディーが流《なが》れ、木曜タウンをパトロールしていたオワシの警察官《けいさつかん》の背中《せなか》に落《お》ちました。

「刑法《けいほう》三万千二百五十条《じょう》により、たいほする。仕事《しごと》のじゃまをするのは犯罪《はんざい》だ」

と言うと、ポケットから手じょうを出し、するどい爪《つめ》ではめようとしました。

「取《と》りしまりがきびしすぎない？　あたしたちは、となり町のウッドに会いにいくだけよ」

「失礼《しつれい》しました。ウッドのお客《きゃく》さまなら、たいほはいたしません」

と言うと、ワシの警察官《けいさつかん》は草原に案内《あんない》してくれました。

ここは、『グリーンの町』。エメラルド色のじゅうたんにゴロンとねころがると、草のにおいが鼻《はな》をくすぐります。草原には、オカトラノオやヒメジョオン、ヤマホトトギス等《など》が、純白《じゅんぱく》の花を咲《さ》かせていました。

空を見あげると、お日さまは雲のふとんで昼寝《ひるね》をしています。目を覚《さ》ますと、大きくうでをふりかざして、木曜タウンに『夏のたまご』を投《な》げました。たまごは大きなカーブを描《えが》くと、草原に立っていた大きな木の枝《えだ》にひっかかりました。

「あらまっ、私《わたし》ったら失敗《しっぱい》しちゃった！」

地面《じめん》に落《お》ちたらすぐに夏の誕生《たんじょう》でしたが、もう少し時間がかかりそうです。

しばらくすると、ねころんでいる二人の顔を、クマがのぞきこみました。

「ゆう、死《し》んだふりをして！」

ゴッホが耳もとでささやきました。ゆうはあわてて目を閉《と》じます。

その瞬間《しゅんかん》、木曜タウンの代表《だいひょう》のウッドがあらわれました。パロットグリーンの上着をはおり、長いあごひげをたくわえた姿《すがた》は、まるで仙人《せんにん》のように見えました。

「二人とも目を開《あ》けて……。このクマはわしの奥《おく》さんで、『ノゾミ』と言う。おそわないからだいじょうぶ。外見はこわそうに見えるが、心根《こころね》のやさしいクマなのじゃ」

ウッドが言うと、ノゾミはにっこりしました。

「森のみんなで、ゆうちゃんとゴッホを待《ま》っていた」

ウッドが杖《つえ》をかざすと緑色《みどりいろ》の風が吹《ふ》いて、動物《どうぶつ》たちが集《あつ》まってきました。

とつぜん、到着《とうちゃく》を祝《いわ》うパーティーが始《はじ》まりました。司会《しかい》のナマケモノが、あくびをしながら「始《はじ》めます！」と言うと、シマリスのシェフが、草のテーブルにトチノミサラダとドングリスープ、ヒメリンゴパイを運《はこ》びました。チンパンジーの学生は、木曜タウンの歴史《れきし》をクイズで紹介《しょうかい》しました。

「わしは、動物《どうぶつ》たちと生活しながら木の研究《けんきゅう》をしておる。あれがわしの家じゃ」

ウッドが指《ゆび》さしたのは、夏のたまごがひっかかった木でした。大草原の真《ま》ん中《なか》に一本、貴婦人《きふじん》のような風格《ふうかく》で立っています。

「残念《ざんねん》ながら、あの木は、まだ一度《いちど》も花を咲《さ》かせたことがない。もちろん、実《み》をつけたこともない。わしは長い間ここで生活しているが、この木の名前さえわからんのじゃ。しかたなく、『ナンノ木』とよんでおる」

ウッドは、脇《わき》にかかえていた『木曜タウンの植物図鑑《しょくぶつずかん》』を開《ひら》いてみせました。イラストに細かな説明《せつめい》がそえられています。ここに住《す》み始《はじ》めてから、ウッドが作成《さくせい》したものでした。

「ところで、ムーンはこの町に来ましたか？」

「そうじゃ、空の上からさがしてみよう。ついでに、町も案内《あんない》できるしね」

ウッドが杖《つえ》をかざすと、くちばしがピーコックグリーンのペリカンがまいおりて、目の前で止まりました。背中《せなか》に乗《の》ると、三人は空高くまいあがりました。

「あれが、わしの家じゃ。鳥たちは、『バードパラダイス』とよんでおる。つい最近《さいきん》、改装《かいそう》したばかり。『ナンノ木』が大きく成長《せいちょう》したものだから、最上階《さいじょうかい》を増《ふ》やしたのじゃ」

空の上から、ウッドがひとつひとつ紹介《しょうかい》してくれました。

「一階《かい》は学校じゃ。空の飛《と》び方《かた》や声の出し方、身《み》の守《まも》り方《かた》まで、基本的《きほんてき》なことを学べるのじゃ。先生は森の博士《はかせ》のチンパンジーじゃ」

「空を飛《と》べない先生が、飛《と》び方《かた》を教えるなんて……。先生ってたいへんね」

ゆうは、ふしぎな気持《きも》ちになりました。

「二階《かい》はカラオケボックスじゃ。審査員《しんさいん》は歌手のナマケモノの兄弟さ。高得点《こうとくてん》を出すと『ペアの旅行券《りょこうけん》』がプレゼントされ、好《す》きな国へ旅《たび》をすることができる」

「だから、この森の鳥たちはいつも歌っているのね」

ゆうは、なるほど、とすっきりしました。

「三階《がい》はカフェじゃ。シマリスのシェフが、ここで料理《りょうり》を作っておる。最近《さいきん》、アルコールもメニューに加《くわ》わったそうじゃ」

「よっぱらい運転《うんてん》が増《ふ》えて、けがをしないといいけれど……」

ゆうは、交通事故《じこ》が心配《しんぱい》になりました。

「最上階《さいじょうかい》は、鳥たちの希望《きぼう》を聞いて付《つ》け足《た》したのじゃ。ここはデート広場だ。恋人募集《こいびとぼしゅう》中の鳥たちが集《あつ》まって愛《あい》の告白《こくはく》をする。最上階《さいじょうかい》はうってつけの場所《ばしょ》だろう」

ウッドはじまんげに言いました。

その時、パリッという音がして、最上階《さいじょうかい》にひっかかっていた夏のたまごが割《わ》れました。カラの中から数千万の光が生まれて、ナンノ木の周《まわ》りを飛《と》び回《まわ》りました。夏の子どもです。ナンノ木は発光《はっこう》し、町全体《まちぜんたい》が明るくかがやきました。


さて、『バードパラダイス』はどうなったでしょう。

学校では水浴《みずあ》びがスタートしました。ユリカモメやカルガモ、カイツブリの子どもたちはスイスイと泳《およ》げるようになりました。カラオケボックスは満室《まんしつ》です。ナマケモノの兄弟は休みがなくなり、「ハタラキモノ」の愛称《あいしょう》がつきました。カフェは、若《わか》い二人のデートのスポットになりました。シマリスのシェフはいそがしくなり、モモンガに手伝《てつだ》ってもらっているうちに、めでたくゴールインしました。

デート広場では、たくさんのカップルが生まれました。タカの兄さんがヒバリの歌姫《うたひめ》にひとめぼれをして告白《こくはく》したり、カラスの姉さんが警察官《けいさつかん》のオオワシにラブレターを書いたり……。この日、およそ六百万組ものペアができ結婚式《けっこんしき》をあげました。

「夏ってエネルギッシュだなあ。みんなやる気に満《み》ちている」

ゴッホが感心《かんしん》して言いました。

「そう、夏は動物《どうぶつ》たちの行動《こうどう》が活発《かっぱつ》になる。しかし、わしの研究《けんきゅう》は、夏だけじゃない。大自然《だいしぜん》の中で、一年中木の研究《けんきゅう》をしておる」

ウッドは力強く言いました。

「秋がやってくると、葉《は》の色は緑《みどり》から赤や黄に変身《へんしん》する。さらに、気温《きおん》が下がると、葉《は》は風に吹《ふ》かれて飛《と》んでいく。やがて寒《さむ》い冬がやってくると、雪がふり地面《じめん》の落《お》ち葉《ば》をくさらせる。落《お》ち葉《ば》がくちると、木々の栄養《えいよう》となり、新しい命《いのち》をかがやかせるのじゃ。自然界《しぜんかい》にむだなものは何ひとつない」

「木の命《いのち》はつながっている。たとえはだかになっても生きているのね」

「そうじゃな。寒《さむ》い冬は、枝《えだ》に葉《は》っぱこそつけないが、地面《じめん》に根《ね》を伸《の》ばす。人生と同じじゃなあ。辛《つら》い時は心の根《ね》が伸《の》びるものじゃ」

ウッドのあごひげは、根《ね》と同じ。地面《じめん》につくほど伸《の》びていました。

ペリカンからおりたウッドたちが家に帰《かえ》ると、若草色《わかくさいろ》の着物《きもの》を着《き》た女性《じょせい》が待《ま》っていました。

「あなた、おかえりなさい」

その声はまさに、奥《おく》さんの声でした。愛《あい》する人の声を忘《わす》れるわけがありません。

「わしは、夢《ゆめ》を見ているのか?」

ウッドは、あまりのおどろきに両目《りょうめ》をおおいました。

「あなた、私《わたし》の願《ねが》いがとうとうかないました」

「ちがう、わしらの願《ねが》いじゃ!」

二人は涙《なみだ》を浮《う》かべてよろこびました。

じつは、こんなわけがあったのです。お日さまは、夏のたまごの中に、『ノゾミの願《ねが》い』をまぜていました。奥《おく》さんはウッドを愛《あい》していたので、出会った時から人間になりたいと願《ねが》っていました。お日さまは、この願《ねが》いを知り、

(もしウッドが、千年間、奥《おく》さんを愛《あい》し続《つづ》けていたら、ノゾミを人間にしよう)

と考えていたのです。

その晩《ばん》、オウムは歌いました。

コノキ　ナンノキ　シッテルカイ
ダレモ　オハナヲ　ミタコトナイ
ダレモ　コノミヲ　タベタコトナイ

ノゾミハ　ワシニ　キボウヲクレタ
イツマデモ　キミヲ　アイシテイル
ダカラ　コノキニ「ノゾミ」トツケタ

いたずら好《ず》きのオウムは、ウッドの日記をぬすみ見したのです。歌を聞き、ノゾミは赤くなりました。ウッドは、この木に『ノゾミ』と名前をつけました。
名前をもらうと、やがて、「のぞ実《み》」という木《き》の実《み》を実《みの》らせました。

9　コピーロボット

夏のたまごが割《わ》れた時、ウッドは、ナンノ木の幹《みき》の周《まわ》りに見たことのないくつあとを見つけました。

「こんなくつあとは見たことがない。左右がそれぞれちがった半月の形をして、両方《りょうほう》合わせると満月《まんげつ》の形になる。ひょっとして?」

「すごい発見《はっけん》よ。このくつあとはムーンにちがいないわ」と、ゆうは目を丸くしました。

「ゆう、すぐに、おいかけよう。目指《めざ》すは、となりの金曜タウンだ」

ゆうとゴッホは、『はじまりの丘《おか》』にもどり、ミルクを飲《の》んで、金曜タウンのボタンをおすと、

「オオアタリオメデトウゴザイマス！」とメロディーが流《なが》れ、小さな岩穴《いわあな》に落《お》ちました。

「だれだい？　ことわりもなく、あっしの家に入ってくるやつは。今、食事中《しょくじ》だよ」

ヤギおばさんは、ふきげんそうな顔をして言いました。ゆうが、

「お食事中《しょくじ》とは知らず、ごめんなさい」

と言って、ヤギさんの食べている紙を見ると、なんと一万円札《さつ》でした。

お皿《さら》の上には、八百万円ほどのお札が山もりにのっていました。これは、ヤギさんの一回分の食《しょく》事《じ》です。岩穴《いわあな》は地面《じめん》も周《まわ》りの土もお札《さつ》でできていました。いったい、どういうことでしょう。

二人は、ヤギさんにあやまると、あわてて岩穴《いわあな》から飛《と》びだしました。

ここは、『イエローの町』。野山の木々は緑《みどり》の葉《は》をにしきに染《そ》めあげ、気合を入れてお化粧《けしょう》しているように見えました。柿《かき》の実《み》はじゅくして甘《あま》くなり、アケビは白い歯《は》を出して笑《わら》っています。山ぶどうはおしくらまんじゅうを楽しみ、栗《くり》の実《み》はバンジージャンプをして遊《あそ》びました。川の水は澄《す》み渡《わた》り、沼《ぬま》の水面《すいめん》には真《ま》っ青《さお》な空とイワシ雲が映《うつ》っています。

町の入り口には、受付嬢《うけつけじょう》のロボットが、

「ようこそ、金曜タウンへ！」

と言い、お客《きゃく》を出むかえていました。ロボットは若《わか》いくせに元気がなく、能面《のうめん》のような白い顔をして、投《な》げやりに話しました。感情《かんじょう》のないきかい音がピポピポパポピポ……とひびきます。

「当選《とうせん》のカードです。あなたは何もしなくてもお金をかせげます」

と言って、金色のカードを差《さ》し出《だ》しました。

「もしかして、ぬすみをするってこと……？」

ゆうの質問《しつもん》に、ロボットは鼻《はな》で笑《わら》って答えます。

「犯罪《はんざい》はいけません。あなたの身代《みが》わりロボットが仕事《しごと》をするのです」

「まるで、夢《ゆめ》みたいね」

「そう言えなくもないですが、ここは百年後の町ですから、まったくの夢《ゆめ》ではなく、近い未来《みらい》でしょう」

受付嬢《うけつけじょう》はたんたんと話しました。

「ぜひ、一度《いちど》、おためしください。せっかく、当選《とうせん》したのですから……」

「学校へ行かなくてもいい？　宿題《しゅくだい》しなくてもいい？」

「もちろんです。身代《みが》わりロボットが学校へ行き勉強《べんきょう》します。もちろん宿題《しゅくだい》もやります。ついでに、友達《ともだち》と遊《あそ》んでくれます。どうされますか？」

あんまりしつこくすすめるので、身代《みが》わりロボットを使《つか》ってみることにしました。

「身代《みが》わりロボット、ちょうだい！」

と言うと、ゆうはカードを受《う》け取《と》りました。

「はい、わかりました。では、次《つぎ》に使用方法《しようほうほう》を説明《せつめい》をします。お使《つか》いの際《さい》は、このカードを私《わたし》の胸《むね》の差《さ》しこみ口《ぐち》に入れてください。三分間待《ま》つだけで、あなたのコピーロボットが生まれます」

ロボットは、たんたんと言いました。ゆうは、すぐにためしてみたくなりました。

「ずいぶんかんたんね。せっかくだから、今、使《つか》ってみるわ」

カードを入れると、目の前に自分とそっくりのロボットがあらわれました。

「全《すべ》ては私《わたし》にお任《まか》せください。ご主人《しゅじん》さまは、今からあちらの部屋《へや》でお休みください」

受付嬢《うけつけじょう》は右手の方向《ほうこう》を指《ゆび》さすと、続《つづ》けて話しました。

「この町は、大きくふたつに分《わ》かれています。仕事《しごと》を請《う》け負《お》うロボットが住《す》む『現実《げんじつ》の世界《せかい》』と、指示《しじ》する人間が住《す》む『夢《ゆめ》の世界《せかい》』です。ロボットが現実《げんじつ》の世界《せかい》で働《はたら》いている間、人間は夢《ゆめ》の世界《せかい》で休むことができます。ロボットを作った人は、どんな理由《りゆう》であれ現実《げんじつ》の世界《せかい》に入ることはできません。なぜなら、あなたが二人存在《そんざい》することになるからです」

ゆうは『夢《ゆめ》の世界《せかい》』の扉《とびら》を開《あ》けました。わくわくしました。受付嬢《うけつけじょう》は、

「ひとつ忘《わす》れてたわ、お試《ため》し期間《きかん》ですから、三時間だけです」

とあわてて付《つ》け加《くわ》えました。ここでやることといったら、寝《ね》ることだけでした。

食事《しょくじ》をしなくても、ロボットがしてくれました。

おしっこをしなくても、ロボットがしてくれました。

勉強《べんきょう》をしなくても、ロボットがしてくれました。

友達《ともだち》と遊《あそ》ばなくても、ロボットがしてくれました。

おふろに入らなくても、ロボットがしてくれました。


一方、ゆうのコピーロボットとゴッホは、左手にあった『現実《げんじつ》の世界《せかい》』のドアを開《あ》けました。そこは、大都会《だいとかい》でした。大きなビルが立ちならんでいますが、人間の姿《すがた》はありません。その時、ビルの入り口で声がしました。

「ゆうちゃん、ゴッホ、お待《ま》ちしていました」

ふり向《む》くと、金曜タウンの代表《だいひょう》のゴールドが立っていました。

「ここでは、全《すべ》ての仕事《しごと》をAI《エーアイ》ロボットがやっている。人間たちは、自分のコピーロボットに仕《し》事《ごと》をやらせているのさ。もちろん、給料《きゅうりょう》は人間たちの手に入る」

「あたしはゆうのコピーロボットです」

「あはは、一目でわかるさ、コピーロボットには心がないからね。人間たちがこの世界《せかい》に入ると心が赤く光るしくみになっているのさ。ゴッホには心が見える？」

「ゴールドはどっち？」

ゴッホがきょうみしんしんにたずねました。

「どちらでもないさ。ぼくは人間ではないから、夢《ゆめ》の世界《せかい》に行くことができない。それに、この町は、人間たちの欲《よく》を満《み》たすために、ぼくが発明《はつめい》したものだからね」

ゴッホの質問《しつもん》は続《つづ》きます。

「人間たちの欲《よく》って……？」

「楽をしてもうけたいということさ。ぼくは、この町でお金の研究《けんきゅう》をしている」

と答えると、ゴールドは町を案内《あんない》してくれました。

丸や三角や四角など、コンパスと定規《じょうぎ》で描《えが》いたような建物《たてもの》が立ちならんでいます。車はなくても、道路《どうろ》が動《うご》いているので、かんたんに目的地《もくてきち》に行くことができました。

AI《エーアイ》ロボットは、「宇宙開発業《うちゅうかいはつぎょう》」「商業《しょうぎょう》・情報通信業《じょうほうつうしんぎょう》・サービス業《ぎょう》」「工業《こうぎょう》・建設業《けんせつぎょう》」「農林水産業《のうりんすいさんぎょう》」など四つの部門《ぶもん》に分かれ、たんたんと仕事《しごと》をこなしています。何時間働《はたら》いてもつかれないので、休みはありません。町は、二十四時間動《うご》いていました。

「ロボットにはすいみんの必要《ひつよう》がないから、たくさん働《はたら》かせて、たくさんのものができた。初《はじ》めはよかったが、何年かすると、困《こま》ったことが起《お》きた」

「困《こま》ったことって……？」

と、ゆうのコピーロボットがたずねます。

「それは、ロボットだからこわれるということだ。働《はたら》き続《つづ》けていれば、いつか、部品《ぶひん》がさびたり折《お》れたりして動《うご》かなくなるだろう。コピーロボットがこわれるということは、ご主人《しゅじん》さまの命《いのち》が危険《きけん》にさらされるということなのさ」

「それはこわい！」

ゴッホの左目は、ズキズキいたみました。

「もし人間だったら、心があるからぎりぎりまでは働《はたら》かない。でも、ロボットは限界《げんかい》が分からないから、こわれるまで働《はたら》いてしまうのさ。ぽきっと折《お》れたら、ご主人《しゅじん》さまは死《し》んでしまう。ぼくは、そろそろ、この研究《けんきゅう》をやめなければならないと思っていたところだ」

ゴールドは顔をゆがめました。

その時、受付嬢《うけつけじょう》が白い顔を青くして、

「おつれさまの制限《せいげん》時間が、そろそろ終《お》わります。早くもどってください」

と息《いき》をはずませて言いました。

コピーロボットがもどると、ゆうは何も知らないといった顔で部屋《へや》から出てきました。その瞬《しゅん》間《かん》、コピーロボットは消《き》えました。ゆうとゴッホが、受付嬢《うけつけじょう》のところへもどると、ゴールドが待《ま》っていました。

「ゆう、コピーロボットの使《つか》いごこちはどうだった？」

「何もしないってなんだかつまらない。勉強《べんきょう》はいやだけど友達《ともだち》と遊《あそ》びたいし、ニンジンはきらいだけどママのオムライス食べたい。あたし、おなかぺっこぺこ」

と言うと、ゆうのおなかがグーっと鳴《な》りました。

「やはり……。ゆうの言う通りだな。ぼくは、今日限《かぎ》りでこの研究《けんきゅう》をやめようと思う。

じつは、もうひとつ、おもしろい研究《けんきゅう》をしている」

ゴールドは、二人をうらの空き地に案内《あんない》すると言いました。

「ここには、お金の種《たね》がうまっている」

（お金の種《たね》？）と、ゆうは首をかしげました。


ある日、ゴールドは、お金を増《ふ》やす方法《ほうほう》を思いつきました。

（土の中にお金の種《たね》をまいたら、芽《め》が出てやがて木になり、枝《えだ》にはお金の花をつけるにちがいない）

たくさんの花を咲《さ》かせるために、ブルドーザーで穴《あな》をほり財産《ざいさん》を全《すべ》て投《な》げこみました。

「早く芽《め》を出せお金の芽《め》、出さぬと焼《や》いて食べちゃうぞ！」

と歌いながら、水やりをしました。しかし、何年たっても芽《め》は出ません。

やがて、その穴《あな》はヤギさんのねぐらになったというわけです。

10　季節《きせつ》のたまご

ゆうのコピーロボットが消《き》えた時、受付嬢《うけつけじょう》がテーブルの上に銀色《ぎんいろ》の手紙を見つけました。ふうとうのあて名は『ゴールド』となっています。ゴールドが、あわてて差《さ》し出《だ》し人《にん》を見ると、

「ムーンからぼくに手紙だ！」

と、さけびました。ふうとうを開《あ》けると、ススキの穂《ほ》で書いた手紙が飛《と》びだしました。

『人生で大切なものって何だろう。ぼくは、この町へ来て考えさせてもらった。ゴールドよ、ありがとう。ムーンより』


「その手紙、この町に入る時にはなかった。まだ、文字が少しぬれている」

ゆうが言うと、すみの香《かお》りがふわぁっと広がりました。

「確実《かくじつ》に、ムーンに近づいている。急《いそ》ごう。目指《めざ》すは、となりの土曜タウンだ」

ゴッホは気合を入れました。


ゆうとゴッホは『はじまりの丘《おか》』にもどり、ミルクを飲んで、土曜タウンのボタンをおすと、「**シゼンノコエヲキケパロプロピーン！**」とメロディーが流《なが》れ、スケート場の屋根《やね》をつき破《やぶ》ってリンクに落《お》ちました。空中で三回転《かいてん》すると、着地《ちゃくち》してコマのようにくるくる回りました。

「おめでとうございます。満場一致《まんじょういっち》で優勝《ゆうしょう》です！」

この会場では、年に一度《いちど》、ブタさんのスケート大会が開《ひら》かれていました。くるくる回るブタさんはおらず、とつぜん飛《と》び入《い》りしたゆうとゴッホが優勝《ゆうしょう》したのです。

ここは、『バイオレットの町』。スケート場を出ると、町は、ラベンダー色にかがやいていました。昨夜《さくや》ふった雪で、山も野原もみな綿帽子《わたぼうし》をかぶったようです。

森林には、キタキツネやエゾシカが住《す》んでいました。木の上では、シマエナガの家族《かぞく》が、初雪《はつゆき》を祝《いわ》い歌っています。シマフクロウの子どもは、初《はじ》めて見る雪に目を細めました。

ゆうとゴッホが一本道をずんずん歩いていくと、集落《しゅうらく》がありました。人々は屋根《やね》に積《つ》もった雪をおろしたり、かんじきをはいて道を作ったりしています。

「ソイルはどこにいるのかしら？」

その時、ゆうの背中《せなか》に雪玉が命中《めいちゅう》しました。後ろをふり返《かえ》ると、バランスをくずして転《ころ》びました。ゴッホが笑《わら》うと、今度《こんど》はゴッホの背中《せなか》に雪玉が命中《めいちゅう》しました。

「ごめん。わしじゃ。ゆうちゃん、ゴッホ、しびれをきらして待《ま》っておったよ」

ソイルがいたずらなひとみで笑《わら》いました。澄《す》んだ声に聞《き》き覚《おぼ》えがありました。

「あっ、ソイル！」

「昨晩《さくばん》、一メートルも積《つ》もったのじゃ」

ソイルは、ウェーブのかかった長い髪《かみ》を束《たば》ね、ブルゴーニュ（濃《こ》い赤紫《あかむらさき》色）のダウンジャケットにスキーパンツをはいていました。額《ひたい》からは、大粒《おおつぶ》の汗《あせ》が吹《ふ》きだしています。

「ソイル、雪かきっておもしろそう」

「せっかくだから、いっしょにやってみるかい？」

ゆうはシャベルを持《も》ち雪かきに挑戦《ちょうせん》しましたが、少しするとへとへとです。

「もうだめ。ふわふわの雪が、まさか石のように重《おも》いなんて……」

「この町の人々にとって、雪かきは命《いのち》がけじゃ。ほうっておくと、家がつぶれてしまう」

ソイルの手《て》の平《ひら》には、まめができてかたくなっていました。

「せっかくだから、わしのショップに案内《あんない》しよう。あそこじゃ！」

と言うと、険《けわ》しい山の頂上《ちょうじょう》を指《ゆび》さしました。ロープウェイは、切り立ったがけを勢《いきお》いよく登《のぼ》り、やがて、ゴットンという音がして目的地《もくてきち》に着《つ》きました。

「ここじゃ！」

目の前に立っていたのは、かわいい雪だるまでした。ゆうと同じくらいの身長《しんちょう》です。頭にはティアラを付《つ》け、首にはマフラーを巻《ま》いていました。手には『きせつうります』と書いた花かごを持《も》っています。

ソイルが、ティアラを自分の頭に付《つ》けると、雪だるまのマフラーは天に向《む》かって伸《の》び、パールの道を作りました。ゆうとゴッホは、ソイルの後に続《つづ》きます。道がとぎれたとたん、目の前に、さいころ形の建物《たてもの》があらわれました。

「ここがわしのショップじゃ。全《すべ》て氷《こおり》でできておる。下の階《かい》には、手作りのアクセサリー、上の階《かい》には、とっておきの商品《しょうひん》を置《お》いているのじゃ。今日は特別《とくべつ》に、二人を上の階《かい》に案内《あんない》するとしよう」

ソイルが、厚《あつ》い氷《こおり》のドアを開《あ》けると、一瞬《いっしゅん》ひんやりとしました。中は、冷凍庫《れいとうこ》のように冷《ひ》え、はく息《いき》が白く見えます。

部屋《へや》の中央《ちゅうおう》に、ガラスケースがありました。近づいてみると、紫《むらさき》のビロードの上に、手《て》の平《ひら》サイズのたまごが四つ。それぞれが左から順《じゅん》に、ピンクダイヤ、アクアマリン、トパーズ、アメジストのかがやきを放《はな》ってならんでいました。『季節《きせつ》のたまご』と表示《ひょうじ》されています。

「うわあ、きれい。季節《きせつ》のたまごって、なあに?」

ゆうは、ふしぎでたまりません。

「名前の通り、たまごが割《わ》れたら季節《きせつ》が生まれるのじゃ。だから、季節《きせつ》のたまごという。ピンクダイヤからは春、アクアマリンからは夏、トパーズからは秋、アメジストからは冬が生まれる。どれも、年にひとつの限定販売《げんていはんばい》なのじゃ」

「だれが買いにくるの?」と、ゆうがたずねると、「もしかしたら、日曜タウンのサンではありませんか?」と、ゴッホが口をはさみました。木曜タウンで、サンが夏のたまごを投《な》げたのを見たのです。

日曜タウンのサンは、このショップのお得意《とくい》さんでした。大昔《おおむかし》から、年に四回、たまごを求《もと》めに来ていました。今まで一度《いちど》も欠《か》かしたことはありません。

「ニワトリのたまごはニワトリが産《う》むけれど、季節《きせつ》のたまごはソイルが産《う》んでいるの？」

ゆうは、ふしぎでたまりません。

「あははっ、わしはニワトリじゃないから産《う》まないけれど、作っているのさ。人間たちにはひみつだが、ゆうちゃんは特別《とくべつ》じゃ。じつは、この上に工場がある」

ソイルが上の階《かい》に案内《あんない》すると、そこには、『季節《きせつ》のたまご工場』がありました。大理石でできた大広間には、たくさんの薬品《やくひん》がならんでいます。それらは、迷路《めいろ》のように広がる細かな管《くだ》を通って、真《ま》ん中《なか》にあるジューサーにつながっていました。ピコパコピポパポとゆかいな音をたて、薬《やく》品《ひん》がかくはんされています。

「これらは、動物《どうぶつ》のフンじゃ。フンの入ったガラスビンは、およそ七百七十万種《しゅ》ある」

ソイルは、指《ゆび》さしながら、ていねいに説明《せつめい》してくれました。

「フンって、うんちのこと？　あたし、くさいのきらい！」

「ああ、フンもうんちも同じ、ともに食物《しょくもつ》のカスじゃ。ここでは、乾燥《かんそう》させて砕《くだ》いてあるからにおいなんてないさ。フンを食べる生《い》き物《もの》だっている」

その時、ゆうは『人間・ゆう』とラベルがついたガラスビンを見つけました。

「えっ、これは何？」

「その名の通り、ゆうちゃんのフンじゃ。人間の代表《だいひょう》として集《あつ》められている。なぜなら、絵日記カントリーのご主人《しゅじん》さまだからね。ワープして、ここに運《はこ》ばれるしくみになっておる」

「あたし、決めた！ 明日から、きれいなうんちを出すようにする」

「あははっ、いつも通りでいいさ。こちらは、植物の花粉じゃ。フンと分けるため、花粉はシャーレに入れて保管している。その数は、およそ三十万種ある」

季節のたまごを作るには、地球上に住んでいる動物のフンと、植物の花粉が必要でした。この数が少なくなると、季節は正しくまわりません。しかし、長い歴史の中で、残念ながら、絶滅してしまった動物や植物もありました。

ソイルは、人間たちにわからないよう、材料を集めていました。もし、人間たちに知られたら、地球が混乱してしまうからです。作り方は、土曜タウンに代々伝わる『土曜タウンの歴史』の中にある、『季節のたまごの作り方』一万五千三ページにありました。

（材料）動物のフン・植物の花粉・大地の土・海の水・山頂の空気

まず、作りたい季節に必要な数の植物の花粉と動物のフンをミキサーに入れる。

次に、大地の土百五十ミリグラムと、海の水百ミリリットルを入れてよくまぜる。

最後に、山頂の空気を入れ、とけたらでき上がり。（たまごのからに入れる）

「作り方は、ママが作る野菜ジュースと同じね。でも、フンまみれだから飲まない！」

ゆうが笑って言うと、ソイルは「それがいい」とうなずきました。

「ところで、季節のたまごには、トッピングがあるのじゃ。例えば、ピザだったら、好みでハムやトマトを加えることができるじゃろう。同じように、季節にも『雨』『風』『嵐』『台風』『雪』『雷』『雲』のトッピングがあって、自由に加えることができる。このおかげで、季節に風情が加わる。トッピングはたまごの部屋《へや》じゃ」

ソイルは階段《かいだん》をおりて、トッピングのガラスケースへと案内《あんない》しました。紫《むらさき》のビロードの上に、カプセルが七つならんでいます。どれも透《す》き通《とお》って、天気が入っていました。

「春の日に風が吹《ふ》くと気持《きも》ちいいじゃろう。だから、春のたまごには『風』を入れる。これらのトッピングは、どの季節《きせつ》にも入れるが、ひとつだけ気をつけていることがある」

「雪でしょ。冬以外《いがい》に、雪がふったらたいへんだもの」と、ゆうが自信《じしん》たっぷりに言いました。

「その通りじゃ。ところが、わしは、数年前、あわてて春に雪を入れてしまったんじゃ。満開《まんかい》の桜《さくら》に雪をふらせてしまい、入学式《にゅうがくしき》はだいなしさ」

ソイルは、しょんぼりしました。

その時、ゆうは、ガラスケースの側《そば》で古ぼけたノートを見つけました。

「それは、兄さんの旅《たび》日記じゃ。兄さんは、旅《たび》をしながら俳句《はいく》を作っている。『大地の声に耳を澄《す》まそう！』と言って、感《かん》じたことを五七五に表現《ひょうげん》しているのじゃ」

「あたしも俳句《はいく》を作ろうかな」

「ぜひやってみたらいい。わしは、兄さんの俳句《はいく》を味《あじ》わって、たまごづくりに生かしているのじゃ。この町で大地の研究《けんきゅう》をしておる」

ソイルは笑顔《えがお》でいうと、旅《たび》日記をゆうにわたしました。

11　ムーンの旅立《たびだ》ち

この時、ムーンは姿《すがた》を消《け》して、ソイルの店にしのびこんでいました。今まで、ムーンは、サンのことを、ずっとうらやましいと思っていました。なぜなら、サンが姿《すがた》をあらわすと動植物《どうしょくぶつ》もいっしょに目を覚《さ》まし、姿《すがた》を消《け》すといっしょに眠《ねむ》ったからです。ムーンは、サンのいなくなった夜空でかがやき、昼間は休みました。

「なんだか、わりに合わないなあ」

でも、今回、サンの努力《どりょく》を知り、自分が浅《あさ》はかだったことに気づきました。たまご工場の床《ゆか》に涙《なみだ》をポトリと落《お》とすと、しずくは星になりキラキラかがやきました。

「これはムーンの涙《なみだ》にちがいない！」

ゴッホは、左耳を大きく広げて言いました。

「いよいよラストの町。目指《めざ》すは、となりの日曜タウンね」

ゆうは気合を入れました。


ところで、ムーンが旅《たび》に出た理由《りゆう》とは……？

もしかして、サンをうらやましいと思う気持《きも》ちでは……？　もちろん、それもありました。いつも丸い顔で笑顔《えがお》を絶《た》やさないサンに対《たい》して、顔が欠《か》けたり消《き》えたりする自分に自信《じしん》が持《も》てなくなっていました。

でも、それだけではありません。もうひとつ大きな心配《しんぱい》があったのです。それは、町の未来《みらい》がひっくり返《かえ》るほど、とてつもなく大きなものでした。

家を出る一ヶ月ほど前のこと。ウサギ姉さんが、いつものようにだんごの配達《はいたつ》にやってきました。ドアを開《あ》けると、ムーンは青白い顔をして立っています。

「あれっ、元気がないわね。なやみがあるなら聞くわよ」

ウサギ姉さんは、ずかずかと家に入りました。大昔《おおむかし》から、満月《まんげつ》の夜になると配達《はいたつ》に来ていたので、ムーンの変化《へんか》にすぐ気づいたのです。

ムーンの家は、さびしい森の中にあったので、家を知る人は他《ほか》にいません。ウサギ姉さんは、たった一人の親友でした。

「一人でかかえちゃだめよ。話して！」

「でも、話したら笑《わら》われるに決《き》まっている。笑《わら》わないって約束《やくそく》するなら話すよ」

「約束《やくそく》するわ」

と言うと、ウサギ姉さんはいすに腰《こし》をおろしました。

「なやみというのは、この町のことさ。ぼくは、大昔《おおむかし》からこの町の代表《だいひょう》をしているが、ふと、町の将来《しょうらい》のことが心配《しんぱい》になってね。何かふきつな予感《よかん》がしてならない」

「あはは っ、将来《しょうらい》のことなんてだれもわからない。心配《しんぱい》していたらきりがないわ」

ウサギ姉さんは、ごうかいに笑《わら》いとばしました。

「ほらね、だから、話したくなかった」

と言うと、ムーンの顔はシュッと細くなりました。

「ごめん。私《わたし》が悪《わる》かった。最後《さいご》まで聞かせて」

「ぼくが言いたいのは、そこじゃない。この町の人々は、月の満《み》ち欠《か》けによって心が支配《しはい》されている。自分の人生が、月の形なんかで決《き》められていいのかってことさ」

「ムーンって、哲学者《てつがくしゃ》みたい。おもしろい考え方をするわね」

ウサギ姉さんが感心《かんしん》して言うと、ムーンは気を取《と》り直《なお》して続《つづ》けました。

「長い歴史《れきし》の中で、この町の人々は、幸《しあわ》せは与《あた》えてもらうものだとかんちがいしてしまった。家の周《まわ》りが草ぼうぼうでも、畑《はたけ》があれほうだいになっても、だれも刈《か》ったり耕《たがや》したりしない。残念《ざんねん》なことに、この町に汗《あせ》と涙《なみだ》はなくなってしまった。こんな生活を続《つづ》けていたら、きっと月曜タウンの未来《みらい》はないだろう」

　ムーンは、たまっていた不安《ふあん》のおばけをはき出すと、心のもやもやが晴れあがっていくような気持《きも》ちになりました。だんごをほおばると、お茶を一気に飲《の》みほしました。

「確《たし》かに、ムーンの言う通り、この町はあれ野原だわ。野生の動物《どうぶつ》たちにとっては、住《す》み心地《ごこち》ばつぐんだけど……。それで、どうしたいの？」

　ウサギ姉さんは、たいそうせっかちでした。

「町の人々に、自分の心を笑顔《えがお》にする力をつけてほしいのさ」

「なるほど。そのために、どうしたらいいかってことね」

　ウサギ姉さんは、配達《はいたつ》バッグからとっておきのお酒《さけ》を出すと、ムーンと自分のグラスにつぎました。お酒《さけ》でも飲《の》んでリラックスした方がいいと思ったのです。

　ムーンは一気に飲《の》みほしました。するとどうでしょう。たちまち、いびきをかいて眠《ねむ》ってしまいました。今まで、ムーンはお茶しか注文《ちゅうもん》したことがありません。なぜなら、お月さまにねぼうは許《ゆる》されないからです。

「たいへん、ムーンったら、たった一杯《ぱい》でよっちゃったわ」

と言うと、ウサギ姉さんは、ムーンがねぼうしないよう見はりました。


　その時、ムーンはうとうとしてキツネの親子の夢《ゆめ》を見ました。

　母ギツネが、とつぜん子ギツネを巣穴《すあな》から追《お》い出《だ》しました。子ギツネは泣《な》いて母ギツネにしがみつきますが、母ギツネは子ギツネを追《お》い払《はら》います。やがて子ギツネは、あきらめてその場をはなれました。母キツネは子ギツネの後《うし》ろ姿《すがた》をじっと見つめています。側《そば》で見ていたムーンはふしぎに思い、母ギツネにたずねました。

「どうして子どもを追《お》い払《はら》ったのですか？」

「これから、きびしい世界《せかい》を生き抜《ぬ》いていくためにはしかたありません。親といっしょだと、いつまでもたよってしまうので、生きる力が身《み》につかないのです」

母ギツネはりんとして答えました。

「でも、まだあんなに小さいのに。今日食べるえさもないし、とまる家もない」

「どんなに小さくても、生きるために、自分で考えて動《うご》くしかありません。子どもたちはたくさんの体験《たいけん》をして、失敗《しっぱい》しながら学んでいくでしょう。親は子どもより先に死《し》ぬので、永遠《えいえん》に子どもを守《まも》ることはできません」

母ギツネはやさしい目をして言うと、巣穴《すあな》にもどっていきました。


目を覚《さ》ますと、ムーンは強い口調《くちょう》で言いました。

「ぼくは家を出る！」

ウサギ姉さんは、お酒《さけ》を飲《の》ませたことをこうかいしました。

「ぼくがいることで、町の人々をだめにしている。みんなを追《お》い払《はら》うことはできないが、自分が町を出ることはできる。月が出なければ、町の人々は自分で考えて動《うご》くようになるだろう。行動《こうどう》を起《お》こさなければ、何も変《か》わらない」

ムーンは、母ギツネの言葉《ことば》を思い出して決心《けっしん》しました。

「それは、いつ？」

ウサギ姉さんがたずねました。いくら反対《はんたい》してもムーンの決意《けつい》は変《か》わらないと思ったのです。

「次《つぎ》の満月《まんげつ》の晩《ばん》に、決行《けっこう》しよう！」

一ヶ月後、ムーンは家を出る計画を立てました。このことを知っているのは、もちろん、親友のウサギ姉さんだけです。

旅立《たびだ》ちの夜、ウサギ姉さんは言いました。

「お願《ねが》いがあるの。必《かなら》ず、ここへもどってきてください。地球《ちきゅう》が混乱《こんらん》しないためにも……」

「ああ、約束《やくそく》は必《かなら》ず守《まも》る。ぼくからもひとつお願《ねが》いがある」

ムーンはウサギ姉さんに置《お》き手紙《てがみ》をわたしました。

「町の人々に何か聞かれたら、これを見せてほしい」

月曜タウンからムーンが消《き》えたら、町の人々は大さわぎするにちがいありません。手紙には、こう書きました。

> 月曜タウンのみなさまへ
> わけがあり、少しの間旅《たび》に出ます。　ムーン

ウサギ姉さんは、ムーンに大好物《だいこうぶつ》のだんごを一ヶ月分、持《も》たせました。その時、小さなミツバチが、ムーンのバッグにはりつきました。だんごの甘《あま》い香《かお》りに吸《す》い寄《よ》せられたのです。

「ありがとう。月曜タウンのみんなを信《しん》じている」

ムーンはススキにまたがると、勢《いきお》いよく空にまいあがりました。ウサギ姉さんは、いつまでも手をふっていました。

「空を飛《と》ぶのはひさしぶりじゃなあ」

ススキのばあさんがスピードをあげると、デート中のカラスにぶつかりそうになりました。

「あぶない。夜中に外出する時は、もっとはでなドレスを着《き》なされ！」

少し行くと、スターステーションで、さそり座《ざ》の娘《むすめ》と天の川の青年が結婚式《けっこんしき》をあげていました。

ムーンがおだんごの差《さ》し入《い》れをすると、披露宴《ひろうえん》に招待《しょうたい》してくれました。

ヤマネコ座《ざ》のファンファーレが夜空にニャオーンとひびくと、こと座《ざ》のオーケストラがお祝《いわ》いの曲《きょく》を演奏《えんそう》しました。コップ座《ざ》のソムリエがグラスにシャンパンを注《そそ》ぐと、司会《しかい》のオリオン座《ざ》が「乾杯《かんぱい》！」と発声《はっせい》しました。カメレオン座《ざ》のパティシエのじいさんは、

「毒味《どくみ》はあっしの仕事《しごと》じゃからなあ」

と言うと、舌《した》をペロペロさせウェディングケーキをなめました。

「おめでとう。いつまでもお幸《しあわ》せに！」

ムーンとススキのばあさんは、ほろよい気分で式場《しきじょう》を後にしました。空を飛《と》ぶと、夜風が気持《きも》ちよくほおをなでました。とちゅう、オオタカの警察官《けいさつかん》から、

「お酒《さけ》のにおいがプンプンする」

と、なんどもにらまれました。

ムーンは、そのたびにひやひやしました。

12　ワニワニワールド

家を出た時、まん丸だったムーンの身体《からだ》は十五日ほどでげっそりとやせ、今は、またふっくらとしてきました。絵日記カントリーには、すべての町にそうさく願《ねが》いが出されていましたが、姿《すがた》を消《け》していたので見つかることはありませんでした。

ある日、ムーンは手帳《てちょう》を出して言いました。

「家を出てから三週間か。早いものだ。満月《まんげつ》の晩《ばん》に家を出たが、あと八日後にまた満月《まんげつ》になる。

町の人々はどうしているかなあ」

　だんだん、町のことが心配《しんぱい》になってきました。


　一方、ゆうとゴッホはムーンを見つけられず、あせっていました。『はじまりの丘《おか》』にもどってミルクを飲み、日曜タウンのボタンをおすと、「**パパラカホッホソレゾレチガッテミンナイイ！**」とメロディーが流《なが》れ、二人はあやまって赤い死《し》の沼《ぬま》じごくに落《お》ちました。

　こわい顔したエンマ大王が、赤オニと青オニを指《ゆび》さして、

「頭のいい赤オニと、足の速《はや》い青オニがいる。友達《ともだち》にするならどっちじゃ？」

とたずねました。ゆうはぶるぶるふるえて、「そんなの選《えら》べません！」と答えました。

　するとどうでしょう。とつぜん、じごくが天国になりました。死《し》の沼《ぬま》が誕生《たんじょう》の泉《いずみ》に変《か》わると、エンマ大王が消《き》え、羽をつけた天使《てんし》があらわれました。そして、

「どうぞ、この町にお入りください」

とほほえみました。どちらか選《えら》んでいたら、赤い死《し》の沼《ぬま》に引きずりこまれるところでした。

（絵日記カントリーの最後《さいご》の町。どうかムーンを発見《はっけん》できますように）

　ゆうは、手を合わせました。


　ここは、『ゴールドの町』。木枯《こが》らしがビュービュー吹《ふ》きあれると、はだかんぼうの木々を温《あたた》めようと、あちこちに金色の湯気《ゆげ》が立ちのぼりました。湯気《ゆげ》のしょうたいは温泉《おんせん》です。ぼこぼことわきあがるお湯《ゆ》を利用《りよう》して、たくさんの温泉宿《おんせんやど》が立ちならんでいました。

　人里はなれた山奥《やまおく》の温泉《おんせん》で、おサルさんの家族《かぞく》がお湯《ゆ》につかっていました。長湯《ながゆ》をしていたせ

いで、おしりは真《ま》っ赤《か》です。最近《さいきん》、プロポーズされたサルの娘《むすめ》は、

「はずかしいったらありゃしない」

とつぶやくと、おしりを白くしようとして乳白色《にゅうはくしょく》のお湯《ゆ》に飛《と》びこみました。ところが、おしりは白くなるどころか、血行《けっこう》がよくなりますます赤くなりました。

細い坂道《さかみち》を登《のぼ》っていくと、今度《こんど》は、温泉《おんせん》のわき水で、ピラニアやアロワナがゆったりと泳《およ》いでいました。するどい歯《は》がぶきみに光っています。とつぜん、こちらに向《む》かって泳《およ》いできたので、さけび声をあげ坂道《さかみち》を転《ころ》がりました。さわぎを聞き、サンがやってきました。

「ゆうちゃん、ゴッホ、ようこそ、日曜タウンへ。昨日《きのう》、ソイルから、二人が日曜タウンに来るという知らせを受《う》けたの。首を長くして待《ま》っていたわ」

サンがほほえむと、あたり一面《いちめん》に光がさしこみました。サックスブルーのつなぎに、ひざまであるブーツ、金色の巻《ま》き毛《げ》にはベルベットのカチューシャがにあっています。

「そうだ、あいぼうを紹介《しょうかい》するわ。うら庭《にわ》のワニワニワールドにいらして！」

庭《にわ》といっても島《しま》ひとつ分ほどの大きさです。ここでは、温泉《おんせん》の熱《ねつ》を利用《りよう》して、クロコダイルやアリゲーターなど、子どものワニが、泣《な》きまねをして遊《あそ》んでいました。早く涙《なみだ》を出したものが勝《か》ちです。中には、うでをみがいて役者《やくしゃ》になるものもいました。

少しはなれて、丸めがねを付《つ》け、熱心《ねっしん》に新聞を読んでいるワニがいました。サンが、

「あいぼうのイチロウよ」

と言って指《ゆび》さすと、ゆっくりと近づいてきました。背中《せなか》はごつごつして黒光りしています。

「イチロウは、体長四メートル、体重《たいじゅう》五百キロもあるの。この町いちばんの長老《ちょうろう》だから、物知《ものし》りでいろいろなことを知っている。この町のメインストリートにあるワニ学校で、子どもたちに、

はみがきの仕方《しかた》や眠《ねむ》り方、あいさつなどを教えているわ」

イチロウはシッポの先でサンをつかむと、ぐるりと空を一周《いっしゅう》して手《て》の平《ひら》にのせました。サンがにっこりすると、イチロウはバリトンのように低《ひく》い声で話しました。

「サンはワニ族《ぞく》の命《いのち》なのじゃ。日光がなかったら、わしらはとっくに死《し》んでいる。生《い》き物《もの》は、ふつう、食べて身体《からだ》の温度《おんど》をたもっているじゃろう。しかし、わしらにはそうしたしくみがない。その代《か》わり、日光浴《にっこうよく》をして身体《からだ》を温《あたた》めているのじゃ」

「ある日、この言葉《ことば》にぎもんがわいてきたの。イチロウは自分を必要《ひつよう》としてくれたけれど、植物《しょくぶつ》の成長《せいちょう》にも、日光が必要《ひつよう》なのかなって。今、リンゴの苗《なえ》をうえて実験《じっけん》中よ」

サンの言葉《ことば》にゴッホはうなずきました。町全体《まちぜんたい》がリンゴの木でおおわれていたからです。

「日光がなかったら、育《そだ》たないでしょう?」と、ゆうはたずねました。

「いいえ、それが育《そだ》つのよ」

「そんなはずないわ。昨年《さくねん》、発芽《はつが》の研究《けんきゅう》をした時、ダンボールに入れたジャガイモは芽《め》を出さなかった。日光がないと植物《しょくぶつ》は育《そだ》たない」

ゆうは、夏休みの自由研究《じゆうけんきゅう》を思い出して言いました。

「そう、暗《くら》やみでは育《そだ》たない。ここでは、日光の代《か》わりに人工の光を使《つか》っているの」

「人工の光……?」

「そう、自然《しぜん》の光ではなく研究《けんきゅう》して作った光よ。実験《じっけん》していたら、赤色の光は光合成《こうごうせい》をうながすこうかがあり、青色の光は実《み》を大きくするこうかがあることがわかったの」

サンは、二人を研究室《けんきゅうしつ》へ案内《あんない》すると、イチロウもついてきました。ドアを開《あ》けると、真《ま》っ暗《くら》です。この部屋《へや》に窓《まど》はなく、人工の赤と青の光だけが、リンゴの木にスポットライトをあてていました。

「食《た》べ比《くら》べてみて。どっちがおいしい？」

　サンは、二種類《しゅるい》のリンゴを差《さ》しだしました。二つのお皿《さら》には、一口サイズにカットされたリンゴがのっています。リンゴを食べると、二人が指《ゆび》さしたのは同じリンゴでした。

「それは、人工の光で育《そだ》てたリンゴよ。人工の光は、野菜《やさい》の栄養価《えいようか》を高めたり、コストをおさえたりすることもできるの。だから……」

　サンはここまで言うと言葉《ことば》を止め、大きくしんこきゅうすると続《つづ》けました。

「私《わたし》は必要《ひつよう》ないのかなって……」

　今にも消《き》えそうなほど小さな声でした。

　研究室《けんきゅうしつ》にしのびこみ、この会話を聞いていたムーンはおどろきました。

（あこがれのサンが、なやんでいたなんて。今こそ、自分の気持《きも》ちを伝《つた》えたい）

　すると、どうでしょう。空気に溶《と》けていた身体《からだ》が、次第《しだい》に浮《う》かびあがってくるではありませんか。銀色《ぎんいろ》の髪《かみ》に鼻《はな》すじの通ったきれいな顔は、どこかさびしげな表情《ひょうじょう》です。白いシャツにシルバーのジャケットをはおり、ストライプのズボンをはいていました。見事なシルバーのシルクハットには三日月が輝いています。

　ゴッホの耳のセンサーは、とつぜんウーウー鳴りだし大きくなるばかり……。身体《からだ》中にイナズマが走りました。目の前にいるのはムーンにちがいありません。

　ムーンは、サンの前に姿《すがた》をあらわすと、

「サン、ぼくは、あなたを尊敬《そんけい》し生きてきました。あなたのかがやきは、ストレートで堂々《どうどう》としています。それにひきかえ、ぼくの光ときたら、比《くら》べ物《もの》にならないほど静《しず》かで弱い。今、あなたに代《か》わる人などいません。地球《ちきゅう》には、サンが必要《ひつよう》です」

「心配《しんぱい》してくださって、ありがとう。ムーン、じつはあなたこそ、長い間、私《わたし》のあこがれでした。人々のそばにいて、心をぎゅっとだきしめてくれる。やさしくて静《しず》かな光。私《わたし》はまぶしすぎる自分がきらいなの」

サンは自分の顔を両手《りょうて》でおおうと、あたりはうす暗《ぐら》くなりました。

「どっちがすごいかなんて比《くら》べられない。だって、サンがいるから『おはよう』があるしムーンがいるから『こんばんは』がある。どちらも、いなくなったらたいへん。あのね、担任《たんにん》の先生が、『君《きみ》たちはそれぞれちがってみんないい』って教えてくれた」

ゆうの言葉《ことば》に、サンとムーンは、心がぽかぽかと温《あたた》かくなりました。

(やはり、ゆうには特別《とくべつ》な力がある)と、ゴッホは感心《かんしん》しました。その時、イチロウが、

「わしは、ワニ学校の他《ほか》に、ワニ病院《びょういん》を作ってかんじゃさんをみている」

と言うと、病院《びょういん》に案内《あんない》しました。


ワニ病院《びょういん》は、ワニ学校のとなりにありました。ベッドがあるだけの小さな病院《びょういん》でしたが、かんじゃさんが、町のはずれまでならんでいました。

一人目は、モンシロチョウのキャビンアテンダントです。

「背中《せなか》の羽にきずがついてしまったの」

イチロウは、モンシロチョウを背中《せなか》のベッドに乗《の》せると、羽のきずが治《なお》りました。

「これでまた、お花の旅《たび》ができる!」

と、空にはばたきました。二人目は、ムーンについてきた月曜タウンのミツバチでした。

「長旅《ながたび》でへとへとです」

　イチロウは、「少しお休み！」と言うと、ミツバチを背中《せなか》のベッドに寝《ね》かせました。

　行列《ぎょうれつ》はまだまだ続《つづ》いています。ダンゴムシのじいさんはぎっくり腰《ごし》、カマキリの高とびの選手《せんしゅ》はあしのマッサージ、サルの姉さんはおしりを白くするためにならびました。

　ワニ病院《びょういん》は、朝から大いそがし。ベッドには、たいてい、百人くらいの動物《どうぶつ》が入院《にゅういん》していたので、患者《かんじゃ》を背中《せなか》に乗《の》せたまま、ワニ学校で教えることもありました。

「わしは、背中《せなか》の熱《ねつ》で動物《どうぶつ》たちの病気《びょうき》を治《なお》しているが、この熱《ねつ》をくれるのはサンなのじゃ。サン、これからもよろしく」

「もちろんよ。イチロウの働《はたら》く姿《すがた》を見て、たくさんの勇気《ゆうき》をもらった。私《わたし》、今の研究《けんきゅう》を進《すす》めて、この町にフルーツパラダイスを作る！」

　サンには、小さいころからの夢《ゆめ》がありました。それは、おいしい果物《くだもの》を作って、観光客《かんこうきゃく》を招待《しょうたい》することです。

「なんて、すばらしい夢《ゆめ》じゃろう。わしは全力《ぜんりょく》でお手伝《てつだ》いするよ」

　イチロウはサンを見つめました。

13 空飛《と》ぶウサギタクシー

「あたし、絶対《ぜったい》食べにくる。メロンとマスカットとイチゴと……。他《ほか》にも育《そだ》ててね」

ゆうは、果物《くだもの》に目がありませんでした。

「ゆうちゃんは、そうとうなくいしんぼうね」

サンがクスッとすると、みんな笑《わら》いました。日曜タウンに、笑《わら》い声がこだますると、死《し》の沼《ぬま》じごくの赤オニと青オニもガハガハ……。エンマ大王が、太いまゆをつりあげて、

「オニというものは笑《わら》うものでない！」

と注意《ちゅうい》すると、赤オニが、

「大王さま、笑《わら》っていると心がふわふわして、幸《しあわ》せな気持《きも》ちになります。ぜひ、やってみてください！」

と、ほほえみました。

さっそくエンマ大王も、アハハイヒヒウフフ……と笑顔《えがお》を作ってみると、なんだかいい気分です。やがて、エンマ大王は、にこにこ大王とよばれるようになりました。

とつぜん、ゆうは、ムーンにたずねました。

「ひとつだけ、確《たし》かめたいことがあるの。あたし、四月五日の絵日記に、月曜日がなくなればいいと書いてしまったの。ほんのかるい気《き》持《も》ちで……。ごめんなさい。もしかして、ムーンはそれが原因《げんいん》で家を出たの？」

ゆうは泣《な》きそうな顔で、ムーンの顔をのぞきこみました。

「いいえ、そんなことで家出はしないさ。日記は気《き》持《も》ちを素直《すなお》に表現《ひょうげん》するものだから、何を書いてもいいはずだろう。ご主人《しゅじん》さまによりそいながら、日々成長《せいちょう》を願《ねが》っているさ。ぼくこそ、ゆうちゃんがなやんでいたことを知らず、もうしわけなかった」

ムーンはシルクハットをとって銀色《ぎんいろ》の髪《かみ》を風にゆらすと、頭をさげました。

「よかったあ。これからも、正直に書くわね。そうだ、忘《わす》れてた！　その絵日記カントリーは、今、ムーンがいなくなって大さわぎ……。月曜タウンのみんなも心配《しんぱい》しているわ」

その時、ウサギタクシーが、空からふわりふわりとおりてきました。ムーンの前に止まると、

運転手《うんてんしゅ》の大耳ウサギがカプセルからおりて、

「月曜タウンを代表《だいひょう》して、おむかえにあがりました」

と言って、手まねきしました。ムーンは、目をぱちくりさせて言いました。

「このカプセルは……？」

「代表《だいひょう》をさがすために、発明《はつめい》しました。鉄道《てつどう》がだめなら空があると……」

大耳ウサギは、あれから、タクシー会社を作ったのです。古代《こだい》から、空を飛《と》びたいというウサギ族《ぞく》の夢《ゆめ》をかなえました。

「それはすてきだ！」

ムーンは、こうふんしました。

「代表《だいひょう》がいなくなった後、みんなで話し合って、町はずいぶん変《か》わりました」

まさか、さがしにきてくれるなんて……。

まさか、月曜タウンが変《か》わるなんて……。

ムーンの心は、まさかが二つ重《かさ》なって、うれしさでパンパン、今にもはじけそうです。

「ぼくは、帰ることにしよう！」

サンが光のうでを伸《の》ばすと、枯《か》れ木に花が咲《さ》き、野原には一面《いちめん》のシロツメクサ。どこからか小さいミツバチがやってきて、大耳ウサギに、

「ぼくについてきて！」

と耳打《みみう》ちしました。月曜タウンのミツバチでした。

ムーンがカプセルに乗《の》りこむと、運転手《うんてんしゅ》の大耳ウサギは、

「空を飛《と》びますから、しっかりとシートベルトをしめてください」

と、きびしい顔で言いました。エンジンがかかったとたん、ススキのばあさんが、

「ムーン、わしを置《お》いてきぼりにしよって……。この借《か》りはいつか返《かえ》してもらおう」

と、ぷりぷりしながら乗《の》りこみました。しかし、すぐにススキのばあさんのいびき協奏曲《きょうそうきょく》が始《はじ》まりました。

ウサギタクシーがミツバチの後をついていくと、やがて、ムーンは月曜タウンに着《つ》きました。空には、ひと月ぶりに満月《まんげつ》が顔を出しました。


「ただいま」

ムーンが家のドアを開《あ》けると、ウサギ姉さんは、えっと声をあげ、「夢《ゆめ》ではないかしら？」とほっぺをつねりました。イタタタ……。いつもどってもいいように、配達《はいたつ》の帰りに寄《よ》っていたのです。おだんごは山になっていました。

「ヤッホー！　ルンルンランラン、お帰りなさい」

ウサギ姉さんは、うれしくてぴょんぴょんはねました。耳が天井《てんじょう》にぶつかりそうです。

「いい知らせがあるわ！」

うさぎ姉さんが、もったいぶって言いました。

14　大人たちはみんなへん

ムーンが姿《すがた》を消《け》した時、月曜タウンはパニックになりました。満月《まんげつ》が出ないので、町から笑顔《えがお》が消《き》え、学校や家庭《かてい》やしょく場ではけんかが絶《た》えません。

町は、ちくちく言葉《ことば》であふれました。アホ！　バカ！　死《し》ね！　などの言葉《ことば》が、てっぽうの玉のように、あっちこっちを飛《と》びかいました。いじめっ子がクラスの子に、

「バカはさかだちしても治《なお》らない！」

とはやしたてると、言われた子は学校を休みました。

口から飛《と》び出《だ》した玉は、相手《あいて》の心をパンパンうちました。うたれた方は、心に穴《あな》が開《あ》きましたが、ほころびをぬうことはできません。

けんか大好《だいす》きの悪魔《あくま》が、いじめっ子の心に入ると
「うまそうだなあ。くさった心は大好物《だいこうぶつ》さ」

と言って、住《す》みつきました。

やがて、いじめっ子の顔はひんまがりました。


ある日、ちづるちゃんが、おやつのホットケーキを食べながら、

「パパ、ママ、この町の大人たちは、一人残《のこ》らずみんなへんね」

と、目をぱちくりさせて言いました。

「どうして？」

「だって、満月《まんげつ》が出ないと笑顔《えがお》になれないなんて……。こんなおかしなことに、だれも気づかないなんて。笑顔《えがお》は、自分で作るものでしょ！」

チリンチリンチリリリリン……！

ママの心に、なるほどの鐘《かね》が鳴りひびき、次第《しだい》に大きくなりました。

パパはグラスを床《ゆか》に落《お》としたのでグラスは割《わ》れて、ガッシャンというはでな音をたてました。

ちづるちゃんは、ゆうと同じ小学二年生。この町の大人たちが、満月《まんげつ》を待《ま》ってキップを買うことをふしぎに思っていたのです。パパは目をかがやかせると、

「ちづるの言うとおり、さっそく町のみんなで笑顔《えがお》の作り方を話し合おう！」

と言いました。

「わあっ、すてき!」

ちづるちゃんは、はちみつをたっぷりかけて、ホットケーキをたいらげました。

この話を小耳にはさんだ、駅長《えきちょう》の大耳ウサギが、

「町の大人たち集《あつ》まれ! ふくぶくろ駅《えき》で、未来《みらい》かいぎを開《ひら》く」

と、アナウンスしました。すると、町中の大人たちが、
スタスタ、セカセカ、トボトボ、ブラブラ、ノソノソ、ゾロゾロ……。

と、集《あつ》まってきました。ちづるちゃんのパパが、

「かいぎのテーマは、『笑顔《えがお》はどうしたら作れるか』。娘《むすめ》に言われて目が覚《さ》めた。今こそ、大人の力を発揮《はっき》しようではないか」

と、言いました。カンガルー塾《じゅく》の先生は、

「カンガエテ、カンガエテ、カンガエヌクことが大切じゃ!」

とえんぜつすると、目を閉《と》じてめいそうしました。こぶた保育園《ほいくえん》の園長は、

「トコトン思いをめぐらすことで未来《みらい》は作られる!」

と述《の》べると、輪《わ》になって話し合いました。ヤリイカ書道教室のスミヨ先生は、

「忘《わす》れないよう決《き》まったことを書きましょう!」

と言うと、筆《ふで》にすみをつけて駅《えき》のかべに書きました。

いち「いっしょうけんめい」
に　「にこにこにっこり」
さん「サンキュー」

そこへ、ちづるちゃんがやってきて、

「大人のみなさん、この三つの約束《やくそく》で、この町を笑顔《えがお》にしてほしいな。当たり前のことばっかりだけど……。まあいいか。子どもは、大人のまねしますからご用心！」

と言うと、舌《した》をペロッと出しました。

次《つぎ》の朝、ちづるちゃんのママは、かがみの前でにっこりしてみました。イーッとすると、なんだかいい気分。エプロンをつけると、

「私《わたし》もハッピーあなたもハッピーみんなでハッピーつくろうよ」

と、歌まで飛《と》び出《だ》しました。

トーストがポンッ、目玉焼《めだまや》きがジュワッ、タコさんウインナーはギョロッ……。

パパがかがみの前に立つと、ジョリジョリとひげそりの音。

さっぱりしてイーッとすると、かがみの中のパパが、パパに向《む》かって、

「さいこうにかっこいい！」

とウインクしました。

（よっしゃあ。パパ、お仕事《しごと》がんばるよ）

ちづるちゃんも顔をあらって、かがみの前でイーッとすると、

「町のみんなでいっしょに、はい、チーズ！」

と、目をキラキラさせて言いました。台所《だいどころ》からただよういい香《かお》りが鼻《はな》をくすぐります。

「ちづる、ごはんできたよ！」

テーブルには、大好物《だいこうぶつ》の目玉焼《めだまや》きがのっています。

なんだか、笑《わら》っているみたいだなあ。

数日たつと、パパは、

「そうだ！　困《こま》ったときに、そうだんできる場所《ばしょ》を作ろう」

と言って、笑顔研究所《えがおけんきゅうじょ》を立ちあげました。ママは、

「小さなことでも、大きく喜《よろこ》びましょう！」

と言って、ポスターを作りました。ちづるちゃんは、

「町の笑顔《えがお》を集《あつ》めましょう！」

と言うと、動物《どうぶつ》たちの笑顔《えがお》を描《えが》いて本を作りました。

のうかの人は、畑《はたけ》を耕《たがや》して種《たね》をうえました。汗水流《あせみずなが》していっしょうけんめい働《はたら》きました。やがて、トマトやナス、スイカやトウモロコシなどがとれると、

「おひとつ、どうぞ！」

と、みんなで分け合いました。町に感謝《かんしゃ》の言葉《ことば》があふれました。

いつの間にか、町は、ふわふわ言葉《ことば》であふれました。すき！　いいね！　ありがとう！　などの言葉《ことば》が、あっちこっちで飛《と》びかいます。たとえ、友達《ともだち》とけんかをしても、

「ごめんなさい」

とあやまったので、すぐになかよしになりました。

いじめっ子の心に住《す》んでいた、けんか大好《だいす》きの悪魔《あくま》は、

「食べるものがなくなってしまった」

と言って、ひっこしする場所《ばしょ》をさがしています。


やがて、ふくぶくろ駅《えき》はにぎわいました。キップを買うと、「フルムーン行き」ばかり。ニュームーン駅《えき》はお客《きゃく》が来ないので、駅名《えきめい》を「ムーンライト」に変《か》えました。ここでは、月の光を利用《りよう》して、映画《えいが》を上えいしました。現在《げんざい》は、人気スポットになっています。

駅長《えきちょう》の大耳ウサギは、ムーンがいなくなり、空飛《と》ぶタクシーを発明《はつめい》しました。月曜タウンに代《だい》表《ひょう》を連《つ》れて帰ると、さらに、夢《ゆめ》がふくらみました。今は、

「絵日記カントリー全《すべ》ての町に鉄道《てつどう》をしいて、いろんな町に旅行《りょこう》できるようにしたい！」

という、願《ねが》いを持《も》っています。

話を聞き終《お》えて、ムーンは、

「ぼくの家出作戦《さくせん》は成功《せいこう》したみたいだなあ。町のみんなを信《しん》じてよかった。それぞれの力が引き出されて、今、この町は、エネルギーに満《み》ちあふれている」

と、うれしそうに言いました。

「ところで、旅《たび》はどうだったの？」

ウサギ姉さんがたずねます。

「ひとことで言うと、目が覚《さ》めた」

「どういう意味《いみ》？」

「そうだな。つまり、考えが甘《あま》かったということだ。六つの町に行ったが、どの代表《だいひょう》も地球《ちきゅう》の未《み》来《らい》を考えて研究《けんきゅう》していた。火の研究《けんきゅう》、死《し》なない薬《くすり》の開発《かいはつ》、木の一生、AI《エーアイ》との付《つ》き合《あ》い方、季節《きせつ》のたまごづくり、フルーツさいばいなど……。いったい、ぼくは何を研究《けんきゅう》してきただろう。考えてみたら、何もしていなかった」

ムーンは、悲《かな》しそうにうつむきました。

「なんだか、たくましくなったわね」

ウサギ姉さんは目を細めました。


その時、ムーンは、かしこまった顔をして、

「ウサギ姉さん、ぼくと結婚《けっこん》してください。あなたと未来《みらい》を進《すす》んでいきたい」

と、プロポーズしました。ウサギ姉さんは、

「うれしいわ。でも、これからは、『月見』と名前でよんでください」

と言うと、耳が真《ま》っ赤《か》になりました。

やがて、二人は結婚《けっこん》しました。ウサギ姉さんは、だんごやさんを続《つづ》けながら、家の仕事《しごと》もしっかりとこなしたということです。

今でも、満月《まんげつ》の中に、ウサギ姉さんが見えることがあります。

15　チーズはどこへ

さて、ここは日曜タウン。ムーンが去《さ》った後、どうなったのでしょうか。

ウサギタクシーが空に浮《う》かぶと、とうめいなカプセルから、ムーンが手をふっていました。四人は、ムーンがゴマ粒《つぶ》くらいに小さくなるまで手をふりました。（この『とき』を忘《わす》れないよう、みんなの心に印象《いんしょう》的《てき》な風景《ふうけい》をきざみたい）

ゴッホは空を見つめながら、ある画家の好《す》きな絵を描《えが》くことを思いつきました。イチロウの背中《せなか》にサンの光が反射《はんしゃ》して、空に大きな虹《にじ》がかかりました。ゴッホは虹《にじ》を絵《え》の具《ぐ》にして、空に星月夜を描《えが》きました。雲をパレットに、七色の絵《え》の具《ぐ》をのせ、色をまぜたり薄《うす》めたりしながら、筆《ふで》のタッチを残《のこ》して描《えが》きました。

うずまく夜空には三日月と星が大きくかがやき、糸杉《いとすぎ》もうねるように表現《ひょうげん》されています。じつは、ゴッホは有名《ゆうめい》な画家の助手《じょしゅ》だったのです。

（どこかで見たことがある風景《ふうけい》だわ）と、サンが気づきました。

「ゆうちゃん、ゴッホ、ムーンを見つけてくれてありがとう」

サンは、お礼《れい》に、リンゴを持《も》たせてくれました。

「いいえ、サンのおかげよ」

ゆうが明るい顔で言いました。その時、ゴッホはもぞもぞして、

「サンは、おいらの、お、お、お、お母さんではないですか？」

と、蚊《か》の鳴くような声で言いました。

「ゴッホ、どういうこと？」

「手《て》の平《ひら》にある星です。子どものころ、お母さんは、寝《ね》る前、よく読み聞かせをしてくれました。『北風と太陽《たいよう》』が好《す》きで、なんども読んでもらったなあ。その時、お母さんの手《て》の平《ひら》の星を見ると、おいらはなぜか安心《あんしん》したものです。ゆうの部屋《へや》で初《はじ》めて出会った時、サンの声に聞《き》き覚《おぼ》えがあるようでふしぎだったけれど、ようやく今日わかりました」

ゴッホは、サンが手をふっている時、手《て》の平《ひら》に星を見つけたのです。今、思《おも》い返《かえ》すと、日曜夕ウンに入った時、左耳のセンサーがグワングワンと鳴りひびいていました。センサーがこわれてしまったのかと思ったほどでした。

「私《わたし》の息子《むすこ》、愛《いと》しいゴッホよ、あなたったら、なんども聞いているうちに、『北風と太陽《たいよう》』の絵本をそらで言えるようになって、私《わたし》に聞かせてくれたわね」

と言うと、サンは、ゴッホをだきしめました。

「これね！」と言うと、サンは、手《て》の平《ひら》を見せてくれました。まちがいありません。なつかしい気《き》持《も》ちがよみがえると、ゴッホは涙《なみだ》でむせました。

「ゴッホ、会えてうれしいわ。私《わたし》もあなたをさがしていた。あなたは、特別《とくべつ》な子だもの。忘《わす》れるわけがない。風の便《たよ》りで、有名《ゆうめい》な画家の助手《じょしゅ》をしていると聞いた。さっきの風景《ふうけい》は、あなたが描《えが》いたのね。こんなに立派《りっぱ》になって……」

サンがうれし涙《なみだ》を流《なが》すと、金色の雲があらわれ、どしゃぶりの雨になりました。イチロウがあわてて、ハンカチを差《さ》し出《だ》すと雨はやみました。

「お母さん、また来るね！」

ゴッホは明るい声で言いました。

「待《ま》っているわ！」

ゆうとゴッホが、サンとイチロウにお別《わか》れを告《つ》げると、二人は、絵日記カントリーの出口にいました。

「ここは、『終《お》わりの丘《おか》』、今まさに日が暮《く》れようとしている。絵日記カントリーの出口。全《すべ》てが終《お》わって、すがすがしい気《き》持《も》ちがする」

「『はじまりの丘《おか》』は真《ま》っ白《しろ》で色がついてなかったのに、ここは色どりが豊《ゆた》かね」

遠くに海が広がっています。白波《しらなみ》がオレンジ色のふとんをしくと、カラスの合唱団《がっしょうだん》がお休みの曲《きょく》を歌いました。空では赤トンボの子どもたちがかくれんぼうをし、山では紅葉《こうよう》がラブレターを書いて心をこがし、野原ではアザミやアカツメクサが、おばあちゃんから昔話《むかしばなし》を聞いていました。

風にまじって、母ヤギさんの明るい声が聞こえます。夢《ゆめ》がかなって、友達《ともだち》ができたのでしょう。かんばんのそばには、チーズが置《お》いてありました。


「さあ。帰ろう！」

ゴッホがゆうの肩《かた》にポンと乗《の》ると、二人は部屋《へや》に着《つ》きました。机《つくえ》の上を見ると、えんぴつのカケールが、気をつけの姿勢《しせい》をして、

「ゆうちゃん、ゴッホ、ありがとう。ムーンが月曜タウンにもどったおかげで、絵日記カントリーはあんたいじゃ。一週間が七日間になった」

と言って、敬礼《けいれい》しました。その瞬間《しゅんかん》、カケールはただのえんぴつにもどりました。

ゆうは、忘《わす》れないうちに、えんぴつをけずりました。細い方がしゅっとしてかっこいいと思ったのです。

ゴッホは、肩《かた》から机《つくえ》の上に飛《と》び乗《の》ると言いました。

「ゆう、地球《ちきゅう》をすくってくれてありがとう。今まで、左目に地球《ちきゅう》がうめこまれていることをのろっていた。どうしておいらなのかって……。でも、片目《かため》になって、本当に大切なものが見えてきた。おそらく、両目《りょうめ》だったら母さんに気づけなかっただろう」

と言ったとたん、消《き》えました。

「ゴッホ、ありがとう！」

と言うと、ゆうの目から涙《なみだ》があふれました。

目を覚《さ》ますと、今日は四月六日、待《ま》ちに待《ま》った始業式《しぎょうしき》です。

「ゆう、早く起《お》きなさい。始業式《しぎょうしき》にちこくするわよ」

台所《だいどころ》からママのかん高い声がすると、時計の上の扉《とびら》からカッパが飛《と》び出《だ》して、パポッ、ピポッ、パポッ、ピポッと、七回続《つづ》けて鳴きました。

「わかってるわ」

と言ってしぶしぶ起《お》きると、机《つくえ》の上に、リンゴがのっていました。

あわてて絵日記を開《ひら》き、四月五日のページをめくると、こう書いてありました。


「ネズミのゴッホといっしょに、ムーンをさがす旅《たび》に出ました。ぶじに見つかって、うれしかったです」


「あれっ、チーズはどこ?」

母ヤギさんからもらったチーズがありません。

「ひとりじめしたわね!」

『ネズミ絵本』を見ると、ゴッホがウインクしました。


「行ってきます!」

ゆうは、ヤエザクラの小道を歩いて、学校へ向《む》かいます。

「あのね。あたし、すっごいぼうけんしたの!」

と言うと、ヤエザクラのばあさんは、目を細めました。

「ゆうちゃん、身長《しんちょう》が伸《の》びたなあ! 今日から小学三年生じゃ」

あとがき

『ゆうとゴッホの大ぼうけん！』はどうして生まれたか？

『魔女シリーズ』を執筆して三十年が経った。自分を魔女に仕立ててスタートした童話も、気づけば十八巻。絵本と合わせると三十三冊になった。主人公とともに年齢を重ね、私も人生の折り返し地点をむかえ、老化と闘いながら、おもしろおかしく生きている。

眼鏡をかけているのを忘れてもう一つかけてみたり、掃除機をブンブン振り回し脚にぶつけて骨折してみたり、朝と夜に飲む薬の種類を間違えてみたり……。明るく元気に「あははっ」と笑い飛ばして生活しているが、夫はあきれ顔である。

老化の坂はころころ下り坂。誰にも訪れるものだから、無駄な抵抗はしない。失敗を悔やんでもきりがないし、何より、笑っている方が何倍も楽しいではないか。還暦はとうに過ぎてしまったが、心は二十代の時のまま……。あはは、夢と希望に満ちている。

さて、この度、『ゆうとゴッホの大ぼうけん！』を執筆した。魔女シリーズ以外の作品は、初めてである。そこで、少しだけ誕生秘話に触れてみたい。

あとがき

昨年の誕生日に、友人からプレゼントをもらった。箱を開けると、中から、ジュエリーが二つ飛び出した。ともに、ゴッホの名画『ヒマワリ』をイメージした作品である。丸い形のイヤリングには真っ青な空が、ダイヤの形をしたネックレスにはヒマワリが描かれていた。幻想的な光を放つ宝飾品に、一瞬にして心を奪われてしまった。

その興奮が冷めやらぬまま、自宅に戻るやいなや、パソコンに向かい執筆をスタートさせた。改めてイヤリングを凝視すると、無限の命を抱える地球を彷彿させた。二つ並べると、つぶらな瞳に見えてきた。この瞳からネズミが誕生し、ゴッホと命名した。

気がつけば、友人はいつの日も、私のいちばん近くで笑っている。二十年の付き合いになる。この本ができたら、

「ありがとう。ゆうのおかげで物語が生まれたよ」

と、いちばんに伝えたい。

末筆ではございますが、西野真由美様をはじめ、銀の鈴社の皆様にはたいへんお世話になりました。熱く御礼を申し上げます。

2024年12月25日

梮立悦子

楊立悦子（はしだてえつこ）
本名　横山悦子

1961年、新潟に生まれる。
1982年、千葉県立教員養成所卒業後小学校教諭となる。
野田市内、我孫子市内での教諭を経て
2018年、我孫子市立新木小学校校長、
2021年4月、川村学園女子大学教育学部　児童教育学科　教授。
〈著書〉〈絵本：魔女えほんシリーズ〉 1巻〜15巻。
〈童話：魔女シリーズ〉1巻〜18巻。
〈絵本：ぼくはココロシリーズ〉1巻〜5巻。
〈絵本：もの知り絵本〉『ピペッタのしあわせさがし　12支めぐり』
〈ポケット絵本〉『心のものさし ―うちの校長先生―』
『幸せのうずまき ―あなたにであえて…―』
『人生はレモンスカッシュ』
『ぼくのだいじなくろねこオリオン』
『本気の種まき』
『校長先生が「きょうりゅう」になった』
『魔女が校長先生になった ―出会いが教えてくれたこと―』
『学校経営は想像の泉 ―俳句をつくって未来を拓く―』
他に〈子どもの詩心を育む本〉12冊がある。
（いずれも銀の鈴社）

NDC913
楊立悦子　作　2025
神奈川　銀の鈴社
96P　21㎝（ゆうとゴッホの大ぼうけん！）

定価＝一二〇〇円＋税

ゆうとゴッホの大ぼうけん！
絵日記カントリーから月曜日が消えた

二〇二五年四月一日（初版）
著　者――楊立悦子　作・絵©
発行者――西野大介
発　行――㈱銀の鈴社　https://www.ginsuzu.com
〒248-0017　神奈川県鎌倉市佐助1-18-21
電話　0467(61)1930
FAX0467(61)1931

ISBN978-4-86618-179-0 C8093

印刷・電算印刷　製本・渋谷文泉閣
〈落丁・乱丁本はおとりかえいたします。〉

絵日記カントリーの
住人 大集合!!
木ようタウン
「ウッド」
ようタウン
ウォーター」
火ようタウン
「ファイアー」